U0023671

HINT

HINT

後光殺人事件

接近99%完美的犯罪，小栗虫太郎的密室殺人系列推理短篇集

小栗虫太郎——著
侯詠馨
蘇暐婷——譯

導讀

以知識構築迷宮，以迷宮隱喻世界──小栗虫太郎的「推理小說」

◎曲辰

一個試圖召喚出小說潛藏的世界樣貌的大眾文學研究者。相信文學自有其力量，但如果有人能陪著走一段可能得以看到更清晰的宇宙。並希望能回復每個跨越時代的作者本來面貌，好讓大家能夠知道該如何保持距離理解並重新看待自己。

綜觀文學史，我們發現，能決定一個作家是否成功的要素，除了才能之外，最重要的恐怕就是「經濟能力」跟「機緣」了。

前者決定了一個作家的「蟄伏期」，能夠用多長的時間去打磨自己成為能被人看到的材料，並且在應付柴米油鹽之餘心靈能夠保留多少餘裕，足以富饒到展現給他人看，都是經濟能力在背後支撐的表現，如果霍桑（Nathaniel Hawthorne）的太太沒有存錢，或是卡夫卡（Franz Kafka）沒考上公務員，他們能否以文學作品為世人所知恐怕都是未定之天；後者則是決定了一個作家的「能見度」，特別在網路還不存在的時候，你遇到什麼人、以及你的東西被誰看到，都直接地連結到你的作品可不可以獲得媒體的青睞，進而出道。

而小栗虫太郎，在這兩項上都可說是占了不小的便宜。

一九〇一年出生於東京神田的他，家裡是代代相傳三百餘年的酒類批發商，不僅曾經是江戶幕府的御用商人，即便父親在他十歲時去世，他仍靠著老家房產的出租收入生活不虞匱乏。

因為受到自己同父異母的哥哥的影響，虫太郎熱愛讀書，特別是獵奇或異端宗教思想一類的書籍。同時，他從小就展現優異的學業成績，不僅數學表現相當好，就讀正則英語學校高中部時還自修了法文，後來更陸續學了義大利文、馬來文。就算成績良好，但小栗虫太郎並沒有去念大學，而是靠著自己的語言能力，進行大量的閱讀，成為有名的自學雜學家。

一九二二年，小栗虫太郎用父親的遺產在小石川開設印刷廠，根據小栗宣治（虫太郎之子）的說法，因為虫太郎根本不工作，整天只會構思並創作自己的偵探小說，因此才短短四年印刷廠就被迫收掉了。而後虫太郎乾脆專心在家閱讀、寫作，真的活不下去了就靠賣自己爺爺留下來的古董度日。這段生活對作家本人似乎是很重要的蓄力階段，看來輕鬆實際上頗為刻苦，這讓兒子顯然有些怨言：「我父親是個不能自己剪指甲也無法自己剃鬍子的人，如果不能用小說來揚名於世，幾乎就是一個沒用的人。」

但，用小說揚名於世的機會，就這麼到了。

一九三三年春，機緣巧合之下，小栗虫太郎遇到了國中學長甲賀三郎。當時甲賀三郎早就發表了他的代表作《支倉事件》（一九二七），並以嚴苛的評論成為推理小說界重要人物。儘管兩人並不相識，但藉著這次機會，小栗虫太郎將他在無業時期寫的〈完全犯罪〉交給甲賀三郎，獲得其高度評價，還寫了封推薦函。同年五月，虫太郎拿著這張推薦函，去拜訪了二、三〇年代可以說是推理小說最重要的雜誌《新青年》的主編水谷準，再度以獨特的風格讓水谷準對他留下了深刻的印象。

這時，發生了一件大家都沒想到的事，原本一九三三年七月號（六月出刊）的《新青年》早就說好要刊載橫溝正史的〈死婚者〉[1]，並且是長達一百頁的中篇作品，但本來就有結核病的橫溝忽然吐血病倒，完全無法動筆。時間緊迫，又不可能臨時找作家寫新作的水谷準，就決定用小栗虫太郎篇幅差不多的〈完全犯罪〉做為代打。

這篇小說迅速地引起同時代讀者與評論者的喜愛，甚至被懷疑是早就成名的作家用新筆名發表的作品，小栗虫太郎成功地以作家身分出道，並站穩腳跟，成

註1　橫溝筆下除了金田一耕助，另一名偵探由利麟太郎據稱就是向小栗虫太郎的系列偵探法水麟太郎致敬，而〈死婚者〉後來改作成為由利麟太郎系列的《真珠郎》（一九三六）。

為日本推理史上幾乎不可能忽略的人物。

這段出道故事還有後續，根據橫溝自述，過幾年他跟虫太郎在新宿喝酒時，虫太郎對於橫溝抱持著感激之意，認為要不是橫溝生病給他機會，他是不可能那麼快出道的。橫溝則回以「與我的病情無關，你是一定會被世人所看到的」，後來還追加了一句「下次如果是你出了什麼事，我會代替你的」。孰料一九四六年，要在雜誌《ロック》（Lock）上連載〈惡靈〉的小栗虫太郎因為腦溢血而去世[2]，同時正在《新青年》連載《本陣殺人事件》的橫溝原本想拒絕代打的委託，但顧及是小栗虫太郎的關係，便決定以《蝴蝶殺人事件》填補空檔，成就了一段文學史的佳話。

但，如果在毫無心理準備的狀況下，讀過小栗虫太郎的小說的現代讀者，內心恐怕會立即浮現兩個問題：為什麼要把小說寫成這樣？為什麼會獲得那麼多人的讚賞？

畢竟，他的小說往往始自一個華麗的謎團，無論是現場做為一個密室狀似孔雀明王乘坐著巨大孔雀以四隻手扼死僧人、或是明明應該是痛苦至極的死法但死者卻保持平靜甚至以禮拜姿勢直到僵化為止，都可以看出其充沛的想像力；但同時，這些殺人案件還纏繞著大量的知識，從神話學、比較宗教學、語學、遺傳學、精神分析、犯罪學、異端知識、博物學等等應有盡有，往往剛拋擲完一個學術名詞，馬上以另一個專有名詞開啟新的解謎。小栗虫太郎以知識為路標走出了命案建立的迷宮，卻又成功地用知識架構出另一個迷宮，吾等讀者只能在這中間來回擺盪，始終找不到關鍵的出口。

或者我們甚至可以說，作者對於炫學的欲求，幾乎就像是某種強迫症一樣，毫無節制，並且漫無體系。

註2　小栗寫了開頭的〈惡靈〉後來由笹沢左保續寫完成，但篇幅顯然跟預計的不太一樣，縮水許多。

對於第一個問題：「為什麼要把小說寫成這樣？」同為推理作家的坂口安吾有個稍嫌武斷但又有其可能性的評論，他認為炫學的理由其實是為了掩蓋作者腦中偵探小說題材的匱乏，炫學並非一種知性的表達，反過來卻暗示了文化的匱乏，「只有自學者才會想炫耀自身在語學上的知識，但語學既非學問也非知識」。換句話說，他在暗示虫太郎的「不知世事」，知識對他而言只是一種語言上的遊戲，其背後毫無對於知性或是理性的追求。

當然坂口安吾似乎有些刻薄，但他卻很清楚的指出一件事，也就是看似華麗的炫學的背後，僅僅是毫無深度的穿插交織，每個學說或知識系統，以一種單薄的樣態互相支撐，但都只是紙做的支架罷了，毫不實際，也無法經受起外來的考驗。

然後我們才能回答第二個問題：「為什麼會獲得那麼多人的讚賞？」

大正時期（一九一二—一九二六）可以說是二十世紀日本第一個黃金時代，自明治維新以來，日本努力的學習歐洲，進行現代化改革，長久的積累終於在大正時期開始看見茁壯的可能，政治風氣鬆綁，各種思想如雨後春筍出現在這個東方的島嶼上。同時，第一次世界大戰開打，遠離戰場的日本免於災禍，卻又享受了戰爭紅利，自身的工業與經濟規模靠著為戰爭國打工而建立起來。當時局勢大好，一切看來都朝著好的方向前進。對日本人而言，科學是好的、理性是好的、現代是好的，一切的問題皆有解決的可能，所有的謎團都有著明快的解答。

但一九二三年關東大地震、一九二七年昭和金融恐慌、一九二九年經濟大蕭條（以及直接受此影響的一九三〇年昭和恐慌），歲月不再靜好，問題看來只會愈來愈多，而沒有解決的可能。這種種都讓民眾無法對自身處境感到樂觀，因此在文學審美上也從理性知識當道，轉而成為以感官情緒為主的「エロ・グロ・ナンセンス」（erotic, grotesque, nonsense；煽情的、怪奇的、荒誕的）。原本一直以理性為美的推理小說，也開始被挖掘出另一種可能，當我們將「死亡」視為一種遊戲，所有的傷害都被化約為數學公式的時候，推理小說的殘酷便以「獵奇」的方式被表現出來了。這就是為什麼，虫太郎小說會以一種夢幻的口吻，訴說再殘酷也不過的殺人場景，那是人的極端值的放大，無論是否令人嫌惡，仍然是我們的一部分。

在這種狀況下，知識的存在引來了新的挑戰與質疑，為了要解釋這個部分，又避免暴雷，我試著用以下這個小故事來當例子：在劉向的《說苑》中，曾經提到春秋時期的翟國曾經有過「雨穀三日」、「雨血三日」、「馬生牛，牛生馬」等等這些在過去常會被認為是「國之將亡」的怪象，卻被解釋為「雨穀三日是因為龍捲風將穀物捲來、雨血三日是鳥在空中打架、馬牛相生只是因為牠們沒有被分開圈養罷了」。

這段故事常會被用來做為中國古代早已具備理性思想的例證，只是如果細究，到底龍捲風該有多大才能捲來下三天穀雨的分量、鳥群又有多大足以下到三天血雨、而牛跟馬難道有沒有生殖隔離的問題？這些解釋之所以可以成立，是因為這些解釋都只存在於語言之中，當不涉及真實世界時，語言可以任意涉入概念世界，決定我們是相信或不相信的，並非是其操作可能性，而是那個相信「萬事皆有一個理性解釋」的信念。

這也就是小栗虫太郎所揭示出的推理小說的局限，推理小說終歸是在概念世界中運作的（想想〈莫爾格街凶殺案〉中不同國家的人指證出的不同語言、想想有多少推理小說建立在巧合或「練習」上），因此純粹的知識語言可以介入概念世界，只要不需要著地，那誰會在乎它們究竟是不是空中樓閣？

誠如亂步說的，小栗虫太郎的小說就是「在非歐幾里德的世界中以歐幾里德的語言來描繪出充滿激情的紙頁」，它也見證了人類想像世界的極限值，這或許也就是如今我們閱讀他們的意義了。

那是人的極致表現，期間限定的極致表現，錯過不再。

目次

後光殺人事件

究竟是一個人還是兩個人呢？在這間房間裡，究竟發生過什麼事呢？還是說，剝落的眼膜跟法水推測的完全不一樣，是在其他過程脫落的呢？種種的疑問，以一股幾乎讓人窒息的壓迫感，直撲而來。

合掌的屍體

前搜查局長，現為一流刑事律師的法水麟太郎，必須追究一個問題，在受召喚的精靈消逝之日，新的精靈為何離開了呢？這是因為，他在七月十六日早上接到支倉檢察官的電話，內容關於普賢山劫樂寺的住持（相較之下，封筆不畫的堅山畫伯，這個名號應該比較響亮吧），也就是鴻巢胎龍怪異的不自然死亡之事。不過，對他來說，劫樂寺倒也不是一個完全陌生的地方。法水的朋友，與胎龍並列為木賊派雙壁的雫石喬村家，與劫樂寺恰巧是隔了一道牆的鄰居，站在他們家二樓就能俯瞰兩座大池塘的風景。儘管該寺沒有什麼造園技巧，反而有股田園的雅致。

走下小石川清水谷的坡道，左手邊的高台長滿整片巨大的青剛櫟與榛樹，林木蒼翠，綠意盎然。那座高台正是劫樂寺。周圍由櫻樹堤防及建仁寺丈餘高[1]的圍牆環繞，本堂後方則是讓這座寺院名聲響亮的藥師堂。胎龍的屍體就在藥師堂後方，杉樹林圍繞的荒廢堂宇之中。

三尺見方的的大鋪路石，從本堂的側面開始，在藥師堂呈卍字型彎曲，一直通往現場。這間堂宇莫約四坪大小，掛著以篆書題字的匾額，名為玄白堂，堂宇徒留其名，內部也沒有鋪設木板，入口甚至沒有必備的狐格子[2]。此外，剩下三面牆壁釘滿厚實的六分木心板，銜接兩座大池塘的溝渠，則呈馬蹄形環繞著此處。繼續說明堂宇的周邊，溝渠來自右手邊池塘的攔河堰，流經堂宇後方，直到馬蹄形左邊，兩岸則形成擬山岩的堤防。儘管堂宇周邊沒有樹木，杉樹的碩大枝幹在前方交叉，遮蔽了陽光，陽光只會在清晨的片刻照進來，四周都是苔蘚與濕

譯註1　一丈約為三公尺。

譯註2　以縱橫細木條組成正方形的格子門。

氣，散發宛如深山中的泥土氣息。

堂宇內部鋪滿細碎的砂礫，蜘蛛網與煤灰宛如鐘乳石一般垂掛著，幽暗的深處有一尊色漆已經剝落的伎藝天女全身像，只見白色的臉孔以一種令人感到不舒服的生動姿態浮現。在天人像附近，躺著一顆好像從石牆那裡搬來的大石頭，又像是南北[3]劇本中用來指定位置的道具，有股筆墨難以形容的陰森鬼氣。

一見到法水，支倉檢察官便以親切的眼神向他致意，從他背後又傳出那熟悉的野性聲音，是搜查局長熊城卓吉，他踩著沉重的腳步，露出那油亮的短小身軀。

「看好囉，法水，這就是發現當時的狀況。看了之後，你就會明白為什麼我要特地把你找來了。」

法水努力佯裝冷靜，卻仍舊無法掩飾內心的震撼。他以極為神經質的動作，開始研究屍體。屍體已經冰冷，完全僵硬了，不過形狀卻宛如奇幻派的幻想畫作。屍體的背靠在大石頭上，雙手持念珠合掌，以沉痛的表情朝向後方的天人像端正坐著。年齡約五十五、六歲，左眼失明，只瞪大了右眼。身材宛如燈芯，身高頂多只有五尺左右吧，穿著白色足袋，披著紫襴袈裟，看來他的身分地位確實不低。傷口是位於顱頂與額骨接縫處的穿孔，有一個鑿子狀的圓型刺傷，傷口非常突出，幾乎已經刺到頭顱的正中心了。傷口的直徑約半公分，傷口直達顱腔內部，周圍的骨頭並無凹陷，沒有骨折，也找不到骨頭碎片。裂縫以傷口為中心，拉出細長的紅線，有如蜘蛛網一般，蜿蜒地爬到接縫處，每一道都延伸到左右兩邊的蝶骨。流淌的血液積在腫脹的傷口周圍，已經凝結形成隆起的火山狀，恰似裝飾著櫻桃的冰淇淋，除此之外，別說是外傷了，根本找不到一處血跡。非但如此，他的衣物也沒有汙損，穿著非常整齊。只有接觸地面的地方有沾到泥土，也是極為自然的狀態，堂宇內沒有打鬥的痕跡，別說是指紋了，完全沒留下任何其

譯註3 鶴屋南北，歌舞伎的演員及作者的名號。

他的痕跡。

「怎麼樣？這具屍體是不是一座了不起的雕像呢？」

熊城反而用一種挑釁的語氣說：

「這一切的一切，都是無法理解的謎團，最符合你的胃口了。」

「嗯，沒什麼好驚訝的啊。所謂新流派的畫啊，差不多就是這麼一回事。」

法水回嘴，伸展一下腰部，又低聲說：

「怪了。這座雕像只瞎了右眼。而且只有雕像沒沾染灰塵，這是怎麼回事呢？」

「因為被害者胎龍經常出入這座堂宇嘛。我想這一定有什麼原因啊。還有，今天早上八點進行驗屍，鑑定結果發現介於死後十小時至十二小時之間。不過，傷口裡捲進兩隻飛蟻，由此可見他應該在八點至九點之間喪命。據說昨夜的這段時間，來了一批飛蟻大軍哦。」

「凶器呢？」

「還沒找到。還有，這雙日和下駄[4]是被害者穿來的。」

從堂宇右側的鋪路石到大石頭之間，有雪駄[5]來回的足跡，另一道足跡則在它的右邊，平行延伸到大石頭旁，日和下駄就脫在這裡。檢察官在那邊測量日和下駄齒跡留下的溝痕，說道：

「和他的體重比起來，這道溝痕似乎深了點。」

「因為他在黑暗中行走嘛。跟明亮的地方不一樣，一般人的腳步都會踩得比較重一點。」

法水回答檢察官的疑問之後，不知道是想到什麼，把捲尺放在足跡旁邊拿直，再用左手把尺往前滾。他不發一語地盯著，不久便詢問熊城：

譯註4 矮齒木屐，多在晴天時穿著。
譯註5 鞋面貼動物皮革，用以防水的草鞋，多在下雨或下雪時使用。

「你認為人是在哪裡被殺的呢？」

「不是很清楚嗎？」

繼法水的奇妙行為之後，又聽見他的怪問題，熊城瞪大了雙眼。

「你不是看到了嗎？被害者脫掉日和，爬到大石頭上，再輕巧地下來。然後穿著雪駄的兇手從他背後行凶哦。不過，從屍體的形狀看來，這其中一定藏著什麼前所未見的機制。」

「機制？」

對於這個不是像熊城會說的字眼，檢察官露出微笑：

「嗯，的確有。」

他點頭說：

「其中一部分就是合掌的屍體。由此可見，從斷氣到僵硬的期間，兇手一定做了什麼複雜的動作。不過，我們根本找不到這樣的痕跡。」

對此，法水並未表示意見，他再度俯瞰屍體，用捲尺測量頭部。

「熊城，從帽子的尺寸看來，這是近八寸的大頭，有六十五公分呢。目前是沒什麼用處，但數字這種東西呢，都能在推論遇到瓶頸時救我們一命哦。」

「也許吧。」

熊城難得乖乖附和。

「雖然也要看地點啦，在頭頂開了一個洞，卻沒看見掙扎、痛苦的跡象……。這種讓人摸不著頭緒的事件，說不定解決關鍵就在極為不重要的小地方呢。話說回來，你有沒有發現什麼線索呢？」

「只有這些了……凶器可能是尖銳的鑿子狀物品，不過不是遭到重擊，只能說兇手瞄準特別脆弱的接縫處，用鑽的方式推進去的。如你所見，這種方式的確能造成即刻死亡的效果。」

他出人意料的判斷，讓兩人忍不住「啊」地叫出聲，法水則是微笑地加上註釋。

「證據就是，如果以尖銳的武器猛力打擊，周圍會因為骨折形成小碎片，傷口呈不規則的線條。不過，在這具屍體上看不見這樣的狀況。非但如此，宛如細線的龜裂線條一直延伸到蝶骨，傷口幾乎呈正圓形，我們可以由此得知，這起刺傷並不是瞬間的打擊造成的，而是耗費相當長的時間壓進去的。還有，兇手是瞄準顱骨接縫處，完成難度極高的工作，基本上我們可以先將重點放在這裡。」

「如果是這樣的話，不是更應該顯現出痛苦的模樣嗎？」

檢察官緊張地摒住呼吸，不過，這時熊城以宛若他人的聲音打斷法水的話。

「對了，我要先對你做最後的報告。」

他向兩人坦承胎龍驚人的事實。

「要不要採信，你自己判斷吧……。老實說，他的妻子柳江說她在昨夜十點左右，看見胎龍在藥師堂祈禱的背影。」

「這麼說，那是屍體呢？還是兇手偽裝的呢？還是奇蹟出現，被害者當時還活著呢？」

法水瞪著明亮的楓樹梢，看了一會兒，不過他似乎無法置信，突然向熊城問起另一件事。

「好了，跟我說明昨晚的情況吧。」

「事情始於晚間八點左右，被害者來到藥師堂，焚燒護摩[6]，後來就不曾回到本堂，直到今天早上六點半，寺廟的男僕浪貝久八在這座堂內發現屍體。同時，除了每月四日的藥師緣日[7]，境內都不會對外開放，建仁寺的石牆內側也沒發現有人闖入的足跡，調查過周圍的人家，也沒有人聽過可疑的聲響或叫聲。此外，胎龍這一號人物呢，除了詩歌跟宗教關係之外，鮮少跟人往來，不僅完

譯註6 護摩源於婆羅門教，意為火供，後來傳入佛教及日本神道教，此處指外護摩，以世間之火燒化供品之意。

譯註7 佛菩薩與此世界有緣之日。

全不可能跟外面的人結怨，這三個月內，他也沒有外出，根本沒跟人碰面哦。非但如此，兇手就在寺內，支持這個說法的有力證據，就是這雙雪駄是被害者的所有物。」

說完，熊城煞有其事地清了清喉嚨：

「所以呢，法水，只要稍微動點腦筋就知道，我們只是被這特技表演般的殺人技巧給迷惑了。不過，回歸本質，也不過是五減四這類單純的計算問題罷了。」

法水以認真的態度傾聽。

「兇手當然在寺內。不過，你剛才說胎龍三個多月都沒跟任何人碰面，對吧？」

他咬牙切齒地，宛如做夢一般，將視線移到半空中。

「如此一來，就是那個了吧。不對，除了那個之外，沒有其他的了。」

「你想到什麼了嗎？」

「沒什麼，只是些小事。我又不是歷史地質學家，不過現在我發現一片骨頭碎片了。我大概可以用它來描繪出骨骼的全貌。」

「哼，所以你是指……」

「不過那又不像指紋，可以直接指出兇手的特徵。我剛才也說過了，有一道凶猛的暗流，貫穿屍體之謎，也就是殺人技巧的純粹理論，希望你記得，除了那個軌道，這個變種絕對不會開花。」

「你別開玩笑了。」

檢察官睜大了眼睛。

「我們應該找不到更進一步的發現了吧。再說，想要靠流血的形狀來推測凶器，都是一件難事了。不過，如果傷口的成因是你說的那樣，這具屍體當然應該露出驚愕、恐懼、痛苦之類的表情吧。」

法水一直回視著檢察官，指了指屍體的臉。

「答案就在這裡……，這就是一條脈絡線。儘管我們覺得屍體之謎不可能各自分裂，截至目前為止，我們卻只有模糊的概念。但我想指出這些費解現象的線索，它就具象化地顯現在臉上哦。你們覺得如何？這不是聖像畫那類殉教者特有的表情嗎？前幾年，你出國旅遊的時候，寄了西斯汀大教堂的明信片給我，你自然會先想到米開朗基羅的壁畫《最後的審判》吧？絕望與法喜，對吧？這的確能說是悲壯的狂喜狀態吧？我的假說要從這裡出發。」

「原來如此。」

檢察官不禁拍了拍膝蓋。

「會是催眠嗎？」

熊城也不禁跟著大叫。

「不對，不是催眠。因為我們已經得知，胎龍三個月都沒跟人碰面了！在這座寺院裡，恐怕沒有那種能在當事人不知情的狀況下施加暗示的催眠師。當然有可能是幾個月前接受過暗示，後來才引發催眠的現象，不過，胎龍必須具備豐富的催眠經驗才行。」

法水先是仔細地解開熊城的疑惑，才開始說明他的見解。

「我的假說呢，出發點來自極為單純的觀察。在看到這具屍體的瞬間，各位應該受到一些衝擊吧。你們應該沒想過吧，想要呈現這令人費解的，無抵抗也無痛苦的狀態，在殺害肉體之前，必須先扼殺胎龍的精神功能。不過，想要採用單一手法打造這種超意識的狀態，畢竟是不可能的任務。首先，可以採用蒸餾器或力學之類……，也可以把大腦剖開再促成變化，這是絕對不可能的方法。最後，還可以想像一種方法，利用某種過程讓他產生心理性的精神疾病。你們先別笑嘛，這可不是異想天開。仔細想一想，應該不難理解吧。關於這個去勢法嘛……需要非常複雜的組織，這是因為要讓胎龍的精神功能逐漸變形，最後要完全符合凶器的構造。也就是說，這段過程就是你所說的機制，結論就是我所說的『悲壯的狂喜』。兇手花費漫長的過程與時日，最後終於成功達到他前所未見的企圖了。在這段期間，他應該讓長著不可思議形狀的齒輪嵌合了，或是移動宛如陀螺的活塞吧……，最後打造而成的超意識與最後的齒輪嵌合，不僅讓恐怖的裝置運轉，即使凶器落下，也不會中斷犯案之前的狀態。熊城，你覺得如何？聽得懂這個理論吧？也就是說，解開這起事件的關鍵，在於銜接兩個裝置的齒輪構造哦。此外，其中也隱藏著連我們都無法想像的，不可思議的凶器。」

說完之後，法水突然虛弱無力地嘆了一口氣：

「不過，問題在於能不能在斷氣的同時，造成全身僵硬呢？雖然支倉認為兇手在全身僵硬之前動了手腳，不過我認為如果全身僵硬不是同時發生，就沒有辦法說明屍體的合掌動作。」

熊城像是被一陣晦澀之霧掩蓋，沉默不語，檢察官則以懷疑的眼神盯著他：

「我有點介意一件事。你看，神像頭部的右斜上方，距離約五寸的地方，左右有兩片木板牆壁，把它們用直線連起來，正好可以綁在屍體的脖子一帶，你看，有三個洞，對吧？這也許不是原本就有的洞，不過呢，說不定兇手從那種地方，想出一個非常簡單的構造，做成某程度效果絕佳的鬆弛整形裝置。以目前來說，這不過是幻想罷了，事實上，如果屍體沒有立刻僵硬，當然少不了這樣的機制。」

法水露出有點迷惘的神色說：

「嗯，我剛才就發現了。再說每個洞前面的蜘蛛網都是破的。」

接著他又把頭轉向熊城：

「偵訊相關人士之後，有沒有什麼收穫？」

「那個啊，最後根本找不到一個有動機的人物，不過呢，不管是哪一號人物，給人的第一印象都非常強烈，簡直像是化妝舞會啊！假如那幫人不是一群神經病，而是真的在演戲的話，我想就連你都沒辦法看清他們有多複雜啊。總之，你先去偵訊吧。我們剛才正好在他的同居人，一個叫做廚川朔郎的西洋畫學生的房間裡，發現與這個傷口完全吻合的雕刻用鑿子。」

一行人前往本堂，他們在途中看見在瀝青色的大池塘遠方，浮現後頭雫石家的二樓倒影。打開本堂左邊盡頭的格子拉門，約四坪大小的水泥地玄關通往泛著黑亮光澤的木板地，接著通往陰森的餐廳，從轉角的簷廊經由走廊，來到廚川朔郎的房間。

不過，在他的房間裡，除了格格不入的大掛鐘、畫布與西洋畫的道具之外，只有藏書與蓋子鉸鏈已經故障的小型留聲機，為了搜查房間，已經把朔郎帶到柳江的書房去了。柳江的書房不用走出餐廳轉角的簷廊，而是左轉進走廊，距離不遠處的盡頭房間，牆壁的另一頭就是寺廟男僕浪貝久八的廚房，與朔郎的房間隔一座小院子，呈平行狀。此外，這座走廊從轉角簷廊開始，貫穿好幾個房間，最後來到本堂的僧侶出入口。也就是說，每一間房間都能直接通往走廊，昨天到今天的天氣非常冷，所以紙拉門猶如隆冬時分一般，緊緊關著，不留一絲空隙。

穿著畫室工作服的青年，在兩名便衣警察的包圍之下，沉默地抽著香菸。他就是廚川朔郎。青年的年紀約二十四、五歲，留著美術系學生的髮型，容貌端正，猶如貴族，他的肩膀下方卻露出可與礦工比擬的隆起肌肉。

他一看見法水，便微微一笑，

「嗨，你終於來救我了。我可是抱著一日不見，如隔三秋的心情，焦急地等待法水先生親自出馬。我快要受不了熊城先生那無厘頭的推測了。只不過找到一把鑿子，還有從我房間窗外的後門可以直接通往藥師堂，就把我當成兇手了。再說呢，我聽說是鑿子，就找了一下，本來還有另一把，不知道什麼時候弄丟了，不管我怎麼解釋，他根本一點也不相信我啊。我來說說昨晚的行動吧。」

說著，他簡單扼要地陳述從四點放學回來，接著在房裡閱讀高更[8]的傳記，七點被叫去吃晚餐，九點左右出門去了蒟蒻閻魔[9]的緣日，十點多才回家。看他說起話來滔滔不絕的模樣，以及行事坦蕩的作風，一點也不像嫌犯，把大家都嚇了一跳。

這段期間，法水沒有正眼看他，而是盯著房裡異樣的裝飾。方才他們進來的木板門上方的長押[10]上，懸掛著梅幸[11]打扮成土蜘蛛[12]的大羽子板[13]，壓畫[14]中舉起的右手上，有約十根的銀色蜘蛛絲，斜向呈扇形展開，末端則綁在旁邊圓形的掛鐘下，格子窗的下緣。

「哦哦，這是車子還裝鐵輪那個時代的興趣呢。」

法水首度向朔郎搭話。

「是的，這戶人家的太太是那種傳統老店的媳婦嘛。而且這是她在去年底拜託我製作的，蜘蛛絲可是貨真價實的舞台道具哦。」

「所以你在畫舞台背景嗎？」

說著，法水拎起邊緣的一條線，那是以銀紙包裹紙芯的柔軟繩索。

這時，窗外傳來咚的一聲，報時十二點半的渾厚音色。聲音來自朔郎房間裡那座格格不入的豪華大時鐘，是去年前往祖國美術學校的杜威教授留下來的遺物。不過，正確的時間卻是格子窗上的時鐘顯示的十二點三十二分，這座時鐘沒有半點報時的功能。

譯註8　Eugène Henri Paul Gauguin，一八四八至一九〇三年，法國印象派畫家。

譯註9　指東京都文京區源覺寺的閻魔堂或該寺的俗稱。對於眼疾十分靈驗，人們經常供奉蒟蒻，故名蒟蒻閻魔。

譯註10　和室門框上的裝飾橫木。

譯註11　尾上梅幸，歌舞伎表演者的名號。

譯註12　能劇的劇碼，源賴光為蜘蛛所害，臥病在床，隨後打倒土蜘蛛。

譯註13　長方形的板子，原本是玩羽球的拍子，用於祈福、消災。

譯註14　裝飾羽子板的日本傳統手工藝，以布或紙張包裹棉花，製成立體的拼貼畫。

接下來，多嘴的朔郎提到胎龍夫婦疏遠的關係，不斷痛罵柳江夫人，最後陳述一個耐人尋味的事實。

「話說回來，今年以來，住持的生活寂寞到慘不忍睹。今年三月左右，他經常魂不守舍，東西也拿不好，老是掉到地上，或是發呆一段時間，當時，他說他一直在做奇怪的夢，還對我說過這些話……像是長得像侏儒的自己，從自己的身體裡跑出去，仔細地把慈袒臉上一顆顆的痘痘擠出來。全部擠完之後，再把臉皮撕下來，小心翼翼地收進懷裡。不過，從那陣子開始，那股猶如預示本寺未來的氛圍愈來愈濃厚了。所以，我相信這次的事件，以結果來說，當然是自我毀滅囉。法水先生，你現在能慢慢感受到那股氣息了吧？」

一人分飾兩角，是胎龍，還是……？

讓朔郎離開之後，接下來又在這間房間裡，依序偵訊以下的人物：柳江，納所僧[15]空闥及慈昶、寺院男僕久八。壁龕立著一把以油紙包裹的本間琴[16]，從那裡傳來一股可能會有蛞蝓爬出來的腐朽木頭氣味。這股味道加上朔郎的話，令人產生奇妙的聯想。

「如果廚川朔郎是兇手，他的天分都能讓他當個優秀的演員了。不過，問心無愧的人，也會出於一點惡作劇的心態，想要演戲造假呢。再說……」

檢察官打斷法水的話：

譯註15 在禪宗寺院負責庶務工作的僧侶。
譯註16 長約六尺的日本琴。

「不對，那個男人一定還知道更多事。」

法水只是胡亂點了點頭：

「喂，熊城，」

他指著鑿子：

「也許這是部分的凶器吧，很顯然地，我們知道這並不是全部的凶器。話雖然這麼說，我完全不知道凶器長怎麼樣。」

接下來，他拉開紙窗戶，從各個角度觀看土蜘蛛的壓畫，突然伸長了身子，剝下右眼的薄膜。

「哦哦，這還真高級。用了雲母耶。可是左眼怎麼沒有呢？你們看看，不會亮吧？」

正當法水說話的時候，傳來木板門悄悄拉開的聲響，是胎龍的妻子柳江。

柳江以前曾經是知名的女詩人，前夫梵語學家鍬邊來吉過世後，與胎龍再婚。她的身材姣好，宛如水針魚，從包裹身材的一身黑衣之中，清楚露出白色的面容與水藍色的半襟[17]，使人感覺到四十歲女子的熱情，以及與此呈對比的冷靜理智。她的對話相當中性，沒有被害者家屬特有的那種引人同情的態度。反而冷靜地幾乎讓人憎恨。法水鄭重地表達慰弔之意，接著先詢問她昨夜的行動。

「呃，我下午一直待在餐廳裡，差不多待到七點半左右吧。我先生好像踩著雪駄出去了，不過沒多久就回來了，說要在藥師堂祈禱，便帶著慈昶出門了。」

「那麼，雪駄呢？這表示他先回來過，才穿上日和吧！」

熊城吃驚地大叫。他一口咬定那是兇手的足跡，那個他根本沒多想的雪駄足跡，竟然是住持的腳印，兇手到底用了什麼方法抹去自己的足跡呢？難道他有不需接近就能得逞的凶器嗎？不過，法水並未露出動搖的神色。

譯註17　縫在長襦袢上的領口。

「哈哈哈哈，熊城，我想我們很快就能解開這個矛盾了哦。好了，夫人，當時尊夫有沒有什麼跟平常不一樣的地方呢？」

「唔，跟最近的先生沒什麼兩樣啊，若說有什麼奇怪的地方，應該是他穿了空闥先生的日和吧。後來，又過了十五分鐘左右，我聽見咳嗽聲，好像是慈昶回來了，那個時候，空闥先生好像在本堂的邊間，跟檀家[18]討論葬禮的樣子。這兩、三天，先生喉嚨痛，所以好像用默禱的方式，沒聽見誦經的聲音，晚餐時也沒有回來。每天晚上十點，我都會到池畔散步，半路在藥師堂裡看見他，沒想到那是他最後的身影了。」

「可是，當時尊夫恐怕已經成了玄白堂裡的屍體了。」

「即使問我為什麼，我也沒辦法解釋啊。」

柳江完全沒反應。

「我絕對沒有說謊，也不是幻覺。」

「這表示當時門是開著的。」

熊城自言自語地說：

「慈昶說他出門的時候把門關上了。」

「大概是護摩的煙燒得太旺了吧。」

法水並不怎麼在意，繼續問道：

「對了，當時有沒有什麼奇怪的地方呢？」

「我當時只覺得『護摩的煙已經散得差不多了』，先生相當端正地坐著，要說還有什麼奇怪的地方嘛，好像沒有了……」

「回來的路上怎麼樣呢？」

「回來的路上，我經過藥師堂後面……。後來，大概是十一點半左右吧，先

譯註18　衍生於江戶幕府的宗教制度，檀家供養寺院，寺院則負責為檀家辦理葬祭供養。

生的房裡傳來走動的聲響。我相信當時是他回來了。」

「腳步聲？」

法水露出心跳加速的表情。

「不過，你們沒睡在同一間臥室嗎？」

「關於這件事，我必須先談談二月之後的先生了。」

柳江終於換上女性化的口氣，以顫抖的聲音說：

「從那個時候起，他好像受到非比尋常的精神打擊，白天一直沉溺於思考當中，夜裡則說些沒完沒了的夢囈。他的身體也愈來愈虛弱。不過，上個月以來，他每天夜裡都待在藥師堂，發了瘋似地勤行[19]。因此，他與我的距離，自然也漸行漸遠了。」

「原來如此……。對了，接下來要問您一個比較奇怪的問題，請問長押那幅壓畫的左眼，是很久以前就這樣了嗎？」

「不是的，」

柳江不假思索地回答：

「前天早上確實還在的……。再說，昨天沒有任何人進去那個房間。」

「謝謝，我了解了。對了，」

這時法水才換上尖銳的問法。

「您說昨晚十點左右出門散步，昨夜的那個時間，天氣已經開始轉陰，非常冷哦。您應該不是單純去散步吧？」

那一秒，柳江瞬間失去血色，露出像在忍耐衝動般的痛苦表情。不過，法水也不知道是怎麼回事，只瞄了她一眼，又吐了好長的一口氣，結束了對柳江的偵訊。

譯註19 指早晚誦經。

柳江離開後，熊城勾起一邊的嘴角笑了：

「這個問題，你不用問也知道答案吧。」

「誰知道呢。」

法水含糊其詞。

「不過呢，像歸像，沒想到這麼像啊。也許是偶然相似吧，你們不覺得，她這張臉跟伎藝天女長得一模一樣嗎？」

「話說回來，法水啊！」

檢察官扔掉香菸並坐正。

「你為什麼這麼介意壓畫左眼的事呢？」

聽到這個問題，法水突然催促熊城，要他一起去門檻邊，把木板門稍微拉開。

「我們來做個實驗吧。昨天夜裡，有人悄悄潛進這個房間，為什麼當時眼睛上的膜會掉落呢？」

接著，他先把自己的重量壓在門檻上，施力用單手推門，門板發出巨大的摩擦聲響。接著換熊城站上去，這次則滑順地推開了。同時，盯著壓畫的檢察官則「唔」了一聲。

「怎麼樣？因為門檻往下壓的反作用力，讓壓畫傾斜了，對吧？就是因為這股力量，才會讓眼膜脫落哦。熊城應該有十八貫[20]以上吧，光靠我的體重，門檻還不至於往下壓，下壓時門板不會發出聲音。也就是說，想要讓門板在不發出聲音的情況下，進入這間房裡，那個人的重量應該要跟熊城差不多……，也就是朔郎或是兩人份的重量。」

兩人份……表示兇手與屍體。究竟是一個人還是兩個人呢？在這間房間裡，究竟發生過什麼事呢？還是說，剝落的眼膜跟法水推測的完全不一樣，是在其

譯註20　一貫約三・七五公斤。

他過程脫落的呢？種種的疑問，以一股幾乎讓人窒息的壓迫感，直撲而來。然而，這股氛圍很快就被空闥破壞了。這名老練的說教師[21]便帶著不可思議的火花登場了。

空闥是一名年約五十上下的僧侶，身材與被害者幾乎相同，也是值得關注的一點。他有一種僧侶特有的奇妙滑溜感，同時又有點大膽，身段相當柔軟，巧妙地賣弄著他的口才，不過容貌卻宛如羅漢般醜怪，還有一身胡蘿蔔色的皮膚，兩者的對比讓人感到非常不舒服。他回答了問題，晚餐後，從七點半到八點之間，與檀家葛城家的使者開會，接著前往他們的宅邸，進行枕經[22]，十點過後才回家，說完之後，他立刻正襟危坐，換上一副充滿威嚴的語氣，說了這起事件的關鍵，在於俗人看不見的不可思議法則。接著，他閉上眼睛，以手指捻動念珠，說起在闃暗霧氣的另一頭，倏然亮起的異樣鬼火之事。

三月晦日[23]之夜，在月亮剛升起的八點左右。慈昶與朔郎突然跑了過來，說玄白堂顯現妖異的奇蹟。天人像的頭上，綻放著宛如月暈的皎潔後光[24]，總之都要去調查看看，於是胎龍與空闥兩人前往玄白堂。然而，堂宇內外都沒有什麼異常的情況，他們試著從頭上的小洞照光，也只看見頭髮的漆反射光芒。最後，他們只好把它當成不可思議的現象，不過，第二天起，胎龍的模樣就不太對勁，整天都陷入懷疑及沉思之中。

聽完之後，法水有點壞心眼地提問。

「不過，朔郎根本沒提起這件事哦。」

「我想也是。那個邪魔歪道大師說那一定是某某人精心策劃的惡作劇。根本沒

譯註21 在日本佛教中，專門負責講經的人員。

譯註22 佛教儀式，在即將臨終者的枕邊誦經。

譯註23 指一個月的最後一天。

譯註24 於佛菩薩繪像或雕刻像上背後造立之光相。

把它放在心上。不過，科學還是什麼的，也有解不開的謎吧。不對，解不開是正常的。」

「所以說，神像只有當時出現後光嗎？」

「不是，後來在五月十日的時候，又出現過一次。當時目擊的是前幾天才離職的女傭阿福。」

「這次是在幾點發生的呢？」

「對了，我想確實在九點十分吧，當時，我正在給時鐘上發條，所以記得正確的時間。」

接下來的慈昶也完成最平凡無奇的敘述，他只說了一整天都沒出門，待在自己的房間裡，不過他的顱骨形狀非常特殊，龍布羅梭[25]看了大概會興奮萬分吧。結束慈昶的偵訊後，法水前往胎龍的房間，不知道在找些什麼，然後他又回來，命人找來寺院男僕浪貝久八。不過，見到那位——畏畏縮縮地進來的老人，熊城附在法水耳邊說了幾句悄悄話。這是因為在方才的偵訊中，久八突然癲癇發作，除了聽說他從傍晚六點到八點半一直在寺院的廚房工作，就沒問到其他事情了，還有，他是一名富裕的當鋪老闆，他說了自己過著寺院男僕生活的原因。久八說，因為他篤信的藥師如來把他長年的神經痛治好了，後來，他就瘋狂地信奉藥師如來，直到今年一月出院為止，他都待在郊外的瘋人院。不過，這名信奉藥師佛的老人，逐一指出兇手的足跡。

「確實在十點半左右，不曉得是誰解開我們家那條狗的鍊子，池塘那邊傳來家犬的吠叫聲。我正想去抓狗，所以經過藥師堂前方，方丈大人好像在裡面祈禱，我看到他背對我坐著。」

「什麼？你也看到了？」

譯註25 Cesare Lombroso，一八三五至一九〇九年。義大利犯罪學家。

這一秒，三個人忍不住視線交會，不過久八毫不介意地繼續說著。

「不過，當時我見到很奇怪的東西。兩側竟然掛著只有緣日晚上才會拿出來使用的紅色圓筒燈籠，而且兩個都有點蠟燭。」

法水衝動地低喃：

「哦哦，紅色圓筒燈籠嗎？」

然後他的眼睛往上一看，示意他繼續說。

「後來，我去了池畔，可是天色太黑了，我沒找到狗。這下也沒別的辦法了，我只好吹起口哨，前前後後蹲了快三十分鐘，不久我看見對岸雫石先生家後門好像有人，也看到他把菸蒂扔進池塘裡。在這座寺院裡，只有我一個人會抽菸啊。」

「你回去的時候，燈籠還亮著嗎？」

「沒有了，別說是燈籠了，連門都關上了，只剩一片漆黑。」

相關人士的偵訊到此告一段落。久八離開後，法水筋疲力盡地低聲說：

「原來如此，找不到動機啊。再說，在這種大得不得了，人又少的屋子裡，要追究不在場證明，本來就是不可能的任務啊。」

「不過，我們現在已經知道你所說的部分機制了吧？」

檢察官說完，法水便露出有點讓人毛骨悚然的微笑。

「總之，我們現在已經了解事情的全貌了。至於胎龍的心理，到底是如何受到侵蝕，產生變化的呢？」

「哼，你是指……」

「事情是這樣的。坦白說，我剛才搜索胎龍的房間，發現了類似手記的東西。其實沒有什麼值得關注的紀錄，只不過，他把夢境寫下來了，對我們有不少幫助哦……五月二十一日，最近這幾晚老是夢見坐在木鎖前的夢，為什麼會這樣呢？接下來是六月十九日，寫著他刨出自己的唯一僅存的右眼，放進天人像缺了的那只左眼中。儘管我不是佛洛伊德，也能立刻解析這些夢境。其實，這些夢正確地描寫出胎龍逐漸扭曲的心理。首先，我要先說明三月時，胎龍經常魂不守舍的狀態，那是由於性功能壓抑導致的麻痺性疲勞。證據就是他做了面皰之類的夢，那代表他渴求未能得到滿足的性慾，因為擠破面皰的痕跡，象徵女性的性器官哦。也就是說，我們可以由此得知，大概是柳江主動疏遠胎龍的吧。其次是木鎖之前，鎖同樣是女性性器官的象徵。然而，木頭這個字眼，是不是代表木像呢？後來，神像不可思議的後光為他帶來衝擊，在初老時期遭到禁止的性渴望，轉化為什麼樣的症狀呢？過程顯而易見了。那就是偶像姦（Pygmalionism）[26]。就這樣，胎龍的精神狀態愈來愈糟，在這樣的情況下，他的性功能自然也跟著衰退。不過，他對自己的症狀有所自覺，也算是一個轉機吧，後來就是他最後的夢了。胎龍刨出他僅存的一隻眼睛，獻給天人像，表示他身為沙門卻犯下大逆不道的罪業，褻瀆了尊貴的神像，祈求佛菩薩降罪，願受懲罰。珍妮特[27]曾經說過，在精神方面的自我懲罰，遠比肉體承受痛苦來得快樂，這樣的人正是典型的被虐症。雖然這是非常變態的類型，也可以說是一種對奇蹟的憧憬，這就是胎龍最後落入的終點。於是，我們可以清楚說明胎龍今年以來發生的心理變化。於是走上我想像的去勢法過程，其間的主要重點，勢必來自外在的作用。所以，要是能更進一步了解，大概就能推測出凶器了。」

說完之後，法水沒把啞口無言的兩人放在眼裡，悠然起身。

「好了，我要請空闥帶我去調查藥師堂。」

走上藥師堂的階梯，中央有個焚香灰燼堆積如山的護摩壇，背後則是佛壇狀的帷幕。帷幕是拉開的，眼睛習慣黑暗之後，就能逐漸看見裡面的藥師三尊[28]那宛若熱帶地區人種的豐腴聖容。中央是藥師如來坐像，左右脅侍為日光、

譯註26 雕塑崇拜的一種。

譯註27 Paul Alexandre René Janet，一八二三至一八九九年。法國哲學家。

譯註28 又稱東方三聖。即中尊藥師如來，左脅侍日光遍照菩薩，右脅侍月光遍照菩薩。

月光立像。在藥師三尊背後，則是六尺左右的木板地，在後方的壇上，放著聖觀音像，左右各放著兩尊四天王。在堂宇內採集到的指紋，對於推理的進展當然沒什麼助益。

法水驚訝地對空闥說：

「不管是哪個角落，都看不到灰塵呢。」

「緣日的前一天是打掃的日子，現在還不到三天，所以灰塵不至於能留下腳印。當時，我也清理過這個圓筒燈籠。」

說著，空闥雙手提來兩盞大紅色的圓筒燈籠，那是展開全長約一個人高，開口處以鐵板製成，直徑高達七寸。兩盞的蠟燭都已經燒到快要露出鐵芯的位置，好像燒到那時就被吹熄了。在這些燈籠上，法水也沒找到什麼收穫。護摩壇前的經文桌上，右邊疊放著般若心經，中央攤開的，應該是胎龍曾經持誦的《祕密三昧即佛念誦》抄本。以杵鈴[29]為紙鎮，展開的那一頁，正好是「五障百六十心等三重赤色妄執火」一節。

「請問，這部經從頭開始念誦到這裡，需要幾分鐘呢？」

空闥回答：

「大約二、三十分吧。」

「也就是說。從八點開始的話，就是八點三十分吧？」

檢察官露出了然於心的表情：

「嗯，他也許是在這裡成了屍體，再被人帶到玄白堂的吧。多了一個圓筒燈籠，天秤終於呈水平了。」

熊城有點困惑地說著，法水便將一個小紙包遞到他的鼻尖：

「把這個送去鑑識課，叫他們用顯微鏡檢查。看起來像黑色的煤灰，不過在

譯註29 密宗法器，金鋼杵與金鋼鈴。

藥師三尊之中，只有月光的光背[30]才沾著這個。」

說著，他又小小聲地，宛如做夢一般地呢喃著：

「赤與赤，火與火！」

結束藥師堂的調查之後，他們來到池畔，法水不曉得在什麼時候派人去找喬村，一名刑警帶著一封信回來了。信上以草書寫著以下的文章。

胎龍遇害，讓我感到非常意外。不過，我更訝異的是，自己竟然在不知不覺中，成為事件中的角色之一。你說，柳江為了跟我結婚，打算跟胎龍分手。無論如何，那都是事實。事實上，我愛著柳江。同時，我們兩人的關係，從去年底持續至今，不過，那是只單純的思慕之情，我必須聲明，我從來不曾踰矩。昨夜十點也是如此，我從陽台往下走，大約十分鐘左右，便在池畔與她見面。然而，即便是遠離塵世的我，也不可能在幽會的地點抽菸吧！以上是對你的問題的答覆。我深刻理解，單身的畫家根本沒有確切的不在場證明，因此，我深信坦白才是上策……。

讀完之後，法水露出後悔的苦笑：

「我背叛友情，設下陷阱……結果只知道柳江沒能說出口的事。法水，你活該！」

後來，他一個人走到池塘對岸，調查水門的攔河堰，好像在找東西的樣子，低著頭走路，不久，他拿著一朵蓮花走回來。

「我找到奇怪的東西了哦。」

說著，他扯掉花瓣，裡面有五、六隻蠕動的水蛭。

譯註30　即後光。

「在攔河堰附近找到的，你們聞聞看，很香吧？這是一種叫做曇花的熱帶植物。這種花在夜間綻放，白天凋謝。倘若在緊閉的花瓣之中，躲著水蛭，表示兇手在池塘對岸做了某些事。」

「……」

檢察官與熊城的菸灰愈來愈長了，終究沒有答腔。

「聽不懂的話，我跟你們解釋吧。兇手用池水沖洗染了血的手，假如當時附近正好有泡在水裡的曇花，結果會如何呢？聞到鮮血氣味的水蛭就會蜂擁而至了吧，不久，兇手為了把懸浮物沖走，打開攔河堰的水門，把水放掉了。於是水面下降，曇花就曝露在空氣中了吧。所以呢，早上花闔上的時候，花瓣也把留下的水蛭包起來了。簡單地說，也許這只是一個偶發現象罷了。至於兇手打開水門的真正目的呢，是為了抹除玄白堂內的足跡。」

法水究竟從水流之中，掌握了什麼證據呢？

「要是你們聽不懂，那可就麻煩啦。即便不是兇手，任誰看了水平面不同的兩座池子，難免都會產生運用的心理吧。也就是說，稍微降低這座池子的水面，造成池溏與溝渠潰壩。如此一來，池水就會一口氣湧進水面較低的溝渠之中，來到岩石盡頭的堂宇左側，在地面形成大範圍的氾濫。水勢擾動地面的細小砂礫，將堂宇左側到胎龍背後的足跡全數抹去哦。不過呢，我試著滾動捲尺，堂內由右到左呈現平緩的坡度，所以水淹不到雪駄跟日和足跡那一帶。還有，陽光會在清晨時照進這一帶，等到屍體被發現的時候，水跡早就乾涸了。」

「我愈來愈搞不清楚了，胎龍到底是在哪裡被殺的呢？」

熊城直視前方，咬著下唇，檢察官則充滿懷疑地說：

「可是，兇手為什麼要抽菸呢？犯下殺人罪的人，不知道會被誰發現呢，竟然還能抽菸……，我實在無法理解他的心態。還是說，也許喬村反過來利用搜查官的心態，只不過，光憑那個動機，實在沒辦法說服自己逮捕喬村啊。」

檢察官又繼續接著說：

「還有另一個謎團。就是詭異出沒的燈籠。十點的時候柳江沒看到，十點半卻掛著燈籠。後來，到了十一點，它又不見了。這三次的出沒，究竟隱藏著兇手的哪種企圖呢？」

「嗯，那個真的是讓人想破了腦筋啊。」

熊城也黯然低語。

「在那之前，我一直堅信那是兇手假扮的，不過碰到這一關，徹底顛覆了我的想法。如果只靠護摩的火花，恐怕還可以蒙混吧。不過，像那樣左右都掛著燈籠，就跟香菸火光一樣，都有可能會暴露真面目啊。話說回來，如果那是屍體的話，似乎又太超現實了。法水，你有什麼想法？」

但法水不知為何充滿了生氣。

「不過呢，我跟你們不一樣，沒有碰那盞燈籠，把它仔細觀察了一遍。我一直盯著燈籠裡的燭火。結果呢，我覺得自己好像領悟兇手那不可思議的殺人方法了。如今，究竟有什麼不可思議的機械，在天人像的後光與燈籠的火光之間運轉呢？我想我們很快就會釐清了。總之，今天先到此為止，讓我好好想一想吧。」

於是，事件的第一天，就在重重謎團的狀態之下結束了，最後熊城拘留了柳江、喬村、朔郎等三人。

兩個後光

當天夜裡，法水蒐集了三方面的情報。一個來自法醫學教室，他們已經悉數證實了法水推測的創傷成因，斷氣的時間也維持不變，介於七點半至九點之間。其次來自熊城，他找到據稱是朔郎遺失的另一把鑿子，就在久八之前蹲著的地點前面，距離五公尺的池子裡。最後則是法水從月光的光背採集到的黑色煤灰般的物體，那是幾乎呈圓形的鐵粉與松煙，這是由鑑識課得知的消息。然而，第二天早上，熊城一臉無力地來拜訪法水。

「我們現在要釋放朔郎了哦。找到他的不在場證明了。朔郎房間的對面是久八的廚房，對吧？八點半的時候，久八的孫女在那裡做事情，聽到朔郎在修理時鐘的聲音。剛開始敲了八點，又報了半時，她看了自己家裡的時鐘，正好是八點三十二分。於是我們問過朔郎，他說忘記提起這件事，還高興地跳起來。對照過細節，我們發現完全符合。法水，你還記得昨天朔郎房裡的時鐘慢了兩分鐘嗎？還有，寺院裡沒有其他時鐘能發出那麼渾厚的音色了。」

不過，看了法水那混濁充血的眼睛，不難想像他徹夜思索的情況，有多麼慘烈吧，聽完熊城的話，他的眼睛旋即冒出燦爛的光彩。

「這樣啊，如此一來，終於能為劫樂寺事件寫下終章了。老實說，我一直在等朔郎提出不在場證明哦。啊，聽了這件事，我的睡意突然來了。抱歉，熊城，你今天先回去吧。」

第二天。法水現身於即將在幾天後開演的鰕十郎座[31]的後台。上午的奈落[32]人影稀疏，廚川朔郎穿著白色畫室工作服，心無旁騖地揮動畫筆。法水輕輕拍著他的肩膀：

「嗨，恭喜你。對了，廚川，你昨天修理過掛鐘了嗎？」

朔郎一臉訝異地說：

「什麼意思？我怎麼都聽不懂。」

「打從那天起，你那座時鐘的報時裝置，不管到了幾點，應該都只會敲一下才對啊。今天我趁你不在的時候去看了，不知道什麼時候已經恢復正常了哦。不

譯註31　歌舞伎表演者市川鰕十郎的劇場。

譯註32　歌舞伎舞台的地下部分。

過我想你大概不會講吧，就由我來幫你說吧。」

剛開始，法水以極為平靜的語氣說話，不過，朔郎雙唇開始顫抖，抖得愈來愈厲害了。

「首先，要做一些準備動作吧。你大概用了棉花那類的東西，頂住自己房裡的時鐘，讓它沒辦法再報時了。接著，你在七點以前出門，從後門前往藥師堂，在那之前，你先在柳江的書房裡，製作並安放了一個東西，好在你離開房間時，代替你的時鐘跟手。好了，來拆解你那偽造的不在場證明吧。你先將安全剃刀的刀刃，以一定的距離，黏貼在柳江書房那個掛鐘的長針與短針上。接下來再把線綁在時鐘右手邊的釘子上，然後從數字面盤的圓芯上方，斜向穿過八點三十分以後，刀刃交會的那一點，再把線拉到自己的房間裡，綁在你已經準備好的小型留聲機轉軸上。留聲機則提前找好適當的位置，放在呈扇形展開的蜘蛛絲下方，這裡也有機關。你應該確實將速度調到最慢，上發條的時候，轉兩圈剛好就會停止。接下來，你拆下傳聲管，將它倒過來，綁在中央的轉軸上。如此一來，音響就會上下顛倒，正好呈『卍』字型，不過，你在完成之後，卻移動停止器，讓留聲機開始運轉。在這個情況下，線當然會把唱盤卡住，無法旋轉，這時，過了八點三十分後，貼在兩只針上的剃刀刀刃交會，把線剪斷了。這時唱盤就會開始轉動，音響的唱針就會撥彈上面的蜘蛛絲，發出類似那座時鐘的渾厚音色。也就是說，第一次旋轉時敲了八下，第二次敲一下，相當於半點報時，不過，經過這兩次，發條的壽命也跟著結束了。」

「你的腦筋是不是有問題啊？」

朔郎突然用痙攣的聲音笑著。

「那樣的絲線怎麼能發出那種聲音呢？」

「原來如此，十根線之中，只有兩端的兩條是單純的絲線哦。不過，其中的八條都是貨真價實的舞台道具呢。二十幾年來，土蜘蛛的線都是以通電用的保險絲當內芯。而且，其中一條內芯，你用了特別粗的保險絲。因此，一開始敲了八下，把七條細的保險絲當場切斷，只剩下特別粗的那一條，在敲第二次的時候，還發出『咚』的聲響。」

「你的想法還真是天馬行空啊。不過，那都是你自己發明的吧？」

朔郎冷汗直流，勉強用椅背撐住自己快要癱軟的身子，卻硬是擠出嘲諷的表情。

「不是，那是因為你的小失誤。基本上，沒有人的留聲機會處於發條完全鬆弛的狀態。你在行凶之後，不僅將所有的物品都恢復原狀，還故意不親自說出口，藉由別人之口說出你的不在場證明，呈現極為自然的情況。不過呢，你只漏了一件事，你忘了上發條了。看到那些蜘蛛絲，我便直覺反應，認為這些足以製造不在場證明。所以等我證明它可以製造不在場證明之後，就堅信你是兇手了。」

「所以呢？你還有別的花招嗎？」

朔郎不禁絕望地抬頭望天，卻還是展現拚命否認的氣勢。

「還有呢。輪到神像的後光啦。說白了，只不過是妥善利用了月光嘛。月夜時分，大約只有五分鐘左右，光線會從頭上的小洞，落到神像的頭部後方。知道這件事之後，我調查了神像出現後光的時刻，好像兩次都是月光從小洞流洩而出的時候。這樣一來，就得知後光的全貌了。也就是說，你在第一次的夜晚，使用溴化鐳與硫化鋅製成的夜光漆，在黑色布帽子上，以點狀塗成一個圓圈，再套在神像的頭部後方，接著在布帽子綁上一條長繩子，繩子末端則綁在置於鋪路石上的圖釘上。接著你算準時間，把慈昶找出來，月光落在頭上的期間，會把它們都遮起來，等到月亮移動位置了，堂宇一片漆黑，夜光漆就會形成螢光色的圓形光暈，發出悽愴的假後光囉。慈昶看了當然嚇得奪門而出，你則用木屐踩住圖釘，拖著它跑，半路再拆下來收進懷裡吧。我說得沒錯吧，廚川？後來，到了行凶的夜晚，這次你則在胎龍的面前放出後光，不過，當時的順序跟前兩次顛倒，先讓胎龍看見假後光，再利用月光把它藏起來……，沒錯吧？」

犯罪者被揭露時特有的醜陋表情，已經不知不覺中消失了，朔郎的臉猶如一張白蠟的面具。

「可是胎龍到底在什麼地方，又是被什麼凶器殺害的呢？還有，屍體的狀態跟那個讓人完全無法理解的表情呢？除此之外，這起事件還有許許多多的謎團……？」

熊城根本沒給法水任何喘息的機會。

「嗯。」

法水緩緩地沾濕唇瓣，再度動起他的舌頭。

「我從頭開始敘述廚川的計劃，你就仔細聽其中的細節吧。儘管這起事件是以三月晦日的天人像異變揭開序幕，在更早以前，他就利用精神分析解釋胎龍描述的夢境，靜待第一個機會成熟。不出所料，他總算等到機會了，胎龍逐漸經歷我前天判斷的夢境路程，一路墮落到衰滅之道。也就是說，廚川在犯罪方面，其實創造出一個前所未見的，侵害大腦的組織。此外，即使奪走胎龍的意識，他也毫無抵抗，原因就在這裡。」

「……」

朔郎像個機械人偶般點點頭。

「後來，廚川在三個多月的期間裡，一直不停地讓他敘述自己的夢境，再透過精神分析，冷酷無情地守護著胎龍成長的腦海。在這個階段，還算是素描的階段，有一天，他終於拿起畫筆跟畫布了。第一步就是讓天人像出現三次後光。胎龍深信那是來自超自然界的啟示，除了畏懼與法喜，他再也感受不到其他事物了。那已經是所謂是否健在的境界了哦……他的精神平衡岌岌可危，一頭的重物即將滾落。也就是說，廚川創造的組織侵蝕了一切，僅留下一縷健全的細胞，即使外表看起來跟平常沒什麼兩樣，其實胎龍的內心早就已經刮著悽慘的狂風，甚至到了奮不顧身地套上空闥那雙日和下駄的程度。後來，胎龍登上藥師堂，焚燒護摩，拚了命的祈禱，祈求藥師如來降罪。不過，這時，廚川也讓藥師佛顯現奇蹟哦。如來的光背一帶，突然閃現後光。」

「什麼？」

熊城手上的菸不禁滑落。

「啊啊，你真是個可怕的人！」

朔郎發出呻吟般的嘆息。然而，對法水來說，真相只不過是一種事務性的整理罷了。

「不過呢，那是線香花火[33]哦。廚川在藥師佛背後壇上的聖觀音像脖子上，掛著一面稍微斜照的鏡子，在藥師三尊之中的月光像背後，點燃線香花火。那當然只是宛如松葉般的火花，映照在鏡子裡，但是從胎龍的座位看來，又被護摩的煙霧擴大，看來正好像是藥師佛頭上閃現著後光。同時，他陷入高度集中的狀態，這也是心理學上的正常現象吧。兜率天[34]即將降下劫火，藥師如來將要降罪了吧，胎龍僅剩下一片敏銳的薄膜，對此感到疑惑，掌管他精神作用的瀕死生命體，則一起停止了它們的作業。在綿延不絕的低沉經聲之下，這樣的狀態恐怕持續了幾十秒吧。在這段期間，廚川繞到背後的陰影處，豎起耳朵傾聽勉強才能辨識的經文誦唱，默數著，等待最後的（也是最有效的殺人工具）某一節經文。不用我再多說，正是當時胎龍念誦的《祕密三昧即佛念誦》，廚川對這段經文也很熟悉。一般來說，經文有非常多與火有關的字句，倒也不一定限於那一篇，不過，《祕密三昧即佛念誦》，他大概已經耳熟能詳，都能默念了吧。所以他才能基於他目的的章節，正確無誤地算出點燃線香花火的最佳時間。時間終於到了，胎龍悲壯的狂喜瞬間來到高潮，完全脫離現實。凶器也在同時落下。至於是哪一節呢，就

譯註33　一種類似仙女棒的煙火。
譯註34　佛經中欲界六天的第四天。

是經文桌上攤開的，『五障百六十心等三重赤色妄執火』那一句，誦唱完那句的瞬間，胎龍的頭上突然降下赤色的妄執火。這是由於背後的廚川把那個紅色圓筒燈籠罩在胎龍頭上，再慢慢把它收起來。在當時的狀態下，胎龍已經完全喪失辨識的能力。隨著燈籠縮小，妄執火愈來愈濃烈。在那一剎那，胎龍當然已經直覺認為自己即將遭受火刑吧，他已經無力抵抗，他那脆弱的大腦組織，已經因為這令人恐懼的一致性，瞬間崩潰了。然而，這應該可以說是超自我催眠的狀態了，或者是自我陶醉型精神病發作時，前幾分鐘會出現的僵直性意識混濁狀態，不管是哪一種，都極度缺乏明辨是非的能力……總之，廚川的侵害組織終於劃下休止符，成功地剝奪了意識與所有的感覺。也就是說，他最後成功製作出詭異的屍體，這是廚川利用理論，將胎龍大腦扭曲變形，最終達成的結論。」

後來，圓筒燈籠怎麼了呢？法水的說明來到最後的斷頭台。

「這時，廚川將念珠串纏在合掌的雙手上，再把事前早就磨尖的燈籠鐵芯對準他的頭顱頂部，使勁用全身的力量往下壓。不過，胎龍只能瞬間感受到這熊熊燃燒的地獄業火以及菩薩廣大無邊的法力，就這樣，動也不動地，在無痛、無自覺的狀態下死去。熊城，你現在明白了吧，他這侵害大腦組織的手法，就是你所說的機制。我認為嵌合該機制與殺人工具，那個不可思議形狀的齒輪，正是那盞圓筒燈籠。」

「你是怎麼發現的？」

方才連大氣也不敢喘一下的熊城，總算「呼」地吐了一口氣，擦拭汗水。

「其一是廚川忘記在線香花火與月光像之間，做好隔離措施了。線香花火是硝石[35]、鐵粉與松煙的混合物哦。鐵粉會化為宛如松葉般的火花，接觸空氣後就會氧化，尖角變得圓潤。另一點則是數字完全吻合。我是指燈籠開口的金屬零件

譯註35　火藥的成分之一。

與胎龍顱骨的尺寸，刺傷的痕跡與鐵芯，兩者的直徑吻合。我們在剃髮的僧侶顱骨上，幾乎都能看見接縫處的位置吧。同時，廚川也發現了偶然的一致。我想我們的想法應該都一樣，喬村與空闥的身材幾乎與被害者相同，還有柳江與伎藝天女面容相似，我想那的確是自然的惡作劇吧。玄白堂木板牆壁上的三個小洞，自然也是他細心發現的一點。」

「原來如此。」

熊城點點頭，以眼神催促他繼續說。

「到了這個地步，我們已經能夠明確得知，屍體只是維持他斷氣前的僵直狀態罷了。事實上，他拆開綁緊的念珠，調整重心，正好能保持宛如正在祈禱的姿勢。再加上燭台的盤子部分緊緊貼在頭上，導致鮮血幾乎凝結成火山狀。後來，他打開藥師堂的大門，點亮燈籠，自然是為了塑造目擊者，看到久八經過之後，他穿上胎龍的日和下駄，將呈坐姿的屍體搬進玄白堂。支倉說的那個比較深的溝槽，也就是當時的足跡，回程的時候，他光著腳踩在石頭上，用跳躍的方式在靠近左邊牆面的地方前進，然後立刻打開溝渠的水門，抹除腳印。如此一來，廚川就完成全部的凶行了。」

「原來如此，這就明白點燈籠的原因了。」

「嗯，那是為了隱瞞剛才發生的事。真的是非常自然的隱匿方法呢。」

法水彷彿被人逗笑一般，露出苦笑。

「畢竟染到鮮血的地方，只有鐵芯到燭台的盤子內側吧。所以他清洗了這個部分，接下來再讓蠟燭燒到鐵芯的盡頭，流動的蠟液就能完全掩蓋尖銳前端以下不自然的部分了。他還把燈籠掛起來，在眾目睽睽之下，只能說是狡猾的擾亂手法。」

「所以打開水門的也是廚川囉？」

「沒錯。等到久八經過堂宇前方，他立刻熄燈，來到池畔。因為他知道每天夜裡喬村與柳江都會見面，所以他利用這一點，企圖把我們的目光轉移到喬村身上。對了，廚川先解開久八那條狗的狗鍊，利用狗叫聲吸引久八出門，接下來又到對岸點燃線香花火。他已經先製作一根混著血粉的線香花火，點燃的時候會把血粉熔化，所以不會產生宛如松葉的火花，而是形成一塊火團，落入池裡。也就是說，看起來很像抽完的菸蒂，這就是那場目擊事件的真相哦。不過呢，當時廚川事先預測情況，白天先把一朵曇花泡在水裡。如此一來，聞到血水氣味的水蛭就會聚集過來。這時開啟水門，降低水平面，所以早上剩下的水蛭就會被包在花瓣裡面。不僅可以抹除玄白堂裡的足跡，廚川還有這麼陰險的計謀。他在訂定計劃的時候，大概是把我當成目標吧，事實上，我的確無法揮開喬村的影子。」

說完，他對朔郎說：

「不過，你為什麼要陷害喬村呢？還有，你殺害胎龍的動機是什麼？就算是我，也不明白你心中的祕密啊。」

朔郎那澄淨的眼神，完全不像一名被囚禁的罪犯，以冷靜的語話說：

「我要為父親報仇。我的父親與胎龍，是年雅塾的同門師兄弟，兩人為了爭取官辦美術展覽的參選資格，一較高下，胎龍卻暗中運用卑鄙的手段，讓父親落選，自己當選了。後來，父親鬱鬱寡歡，因此發瘋了，在瘋人院過了一生。因此，身為他的兒子，我只能以牙還牙，以眼還眼。至於喬村，我沒有陷害他的理由。只不過是他做了一些可能成為動機的行為，我正好拿來利用罷了。」

話才說完，朔郎突然轉身，衝向他身後的配電盤，隨著「砰」的玻璃碎裂聲，法水不禁閉上雙眼。閃光貫穿他的眼皮，他聽見撕心裂肺般的叫聲，一秒後，室內瀰漫著毛髮燒焦的臭味，以及宛若置身水底的寂靜。這名年輕的復仇者以太陽穴承受高壓電的刺激，再也不能復甦了。

失樂園殺人事件

失樂園蓋在鶇島旁一座填土的礁岩上，礁岩面積約三百平方公尺，周遭環繞著鬱鬱蒼蒼的樹林，將裡頭團團隱蔽。那裡與本島之間連接著一座機關吊橋，只有院長和兩名助手知道如何操作。

仙女落凡記

距離海岸約一公里遠的海面上有一座鴨島，鴨島與溫泉街K之間，蜿蜒著一條泰半腐朽的粗糙木橋。自從詩人青秋稱它為「嘆息橋」以來，當地人也跟著有樣學樣。

至於為什麼嘆息，理由很簡單，因為鴨島上蓋了一間由兼常龍陽博士出資的天女園瘋瘋療養院，過橋的人不是愁容滿面的病患，就是他們的家屬。

三月十四日這天，前晚起了濃霧，直到正午時分，空氣中仍氤氳著彩虹色的水氣。此時神色憂鬱的法水麟太郎正通過這座橋，他好不容易請了假，原本想至少休息四到五天，然而好巧不巧，療養院裡的失樂園研究所發生了離奇的殺人事件，副院長真積博士聽聞友人法水正好在對岸渡假，便好說歹說請他跑了這一趟。

法水表面上心不甘情不願，實際上卻按捺不住沸騰的好奇心，因為他老早就聽說過院長兼常博士詭異的性情與行徑，也耳聞過不少失樂園的謠言。

一見到真積博士，法水便知道失樂園藏了天大的祕密。真積表明有人比自己更適合解釋案情，便致電通知失樂園的專任助理杏丸醫師過來，接著，他道出了一段驚人的內幕。

「我如果說自己從來沒去過坐魚礁（失樂園所在地），你一定會覺得很奇怪吧？但我沒騙你。因為除了河竹與杏丸兩名助手以外，連我都不准進入那裡。換言之，失樂園是院長打造的祕密基地，外人皆不得入內。」

「那麼遇害的是？」

「助手河竹醫師，手法明顯是他殺。但詭異的是，院長也在同一時間離奇暴斃。只能麻煩你查個水落石出，幫幫這個鄉下地方的警察了。」

此時，一名年約三十歲的矮胖男子走了進來，真積立刻介紹該男便是杏丸醫師。

杏丸膚色蠟黃，似乎有些水腫，看起來死氣沉沉的。去現場勘查之前，法水從杏丸口中聽聞了失樂園的真相與三人不可思議的生活。

「院長在坐魚礁建造失樂園，到這個月剛好滿三年，這段期間他一直在裡頭祕密研究屍蠟，舉凡防腐法、皮鞣法、馬爾皮基氏黏液網保存法等等，都是主要的研究項目。院長祭出高薪要我與河竹封口，禁止對外透露任何失樂園內部的事情。這個月研究終於完成了，不過這先暫且不提，有件事情更重要，那就是過去三年間，失樂園其實還住了一名神祕女子。」

杏丸說著，從懷裡掏出一本用條紋紙裝訂而成的筆記，標題是《番匠幹枝發狂札記》。

「你們只要讀過院長寫的序文，就會明白他這個人有多麼喪心病狂，還有他為了實現自己變態扭曲的理想，打造了一齣多麼可怕的悲劇。這就是除了屍蠟研究以外，失樂園的全貌。」

翻開綴有寶相花紋及花鳥圖案的封面，法水立刻被開頭的第一章吸引。

——××六年九月四日，我在礁岩間救了一名落水的美麗少婦。此女年約二十六、七歲，左眼失明，我檢查她攜帶的物品，得知了她的祖籍與姓名。這位名叫番匠幹枝的女子顯然患有躁鬱症，因為她神色激動卻又不太說話。後來我從她透露的隻字片語，知道她嫁給了小机城的僧侶為妻，因為丈夫爭風吃醋打傷她的左眼，才憤而投水自盡。照顧她的這段期間，我不知不覺受她吸引，不久我就與這名發狂的女子同居了。

——然而，我其實另有計劃，第一步就是請眼科出身的杏丸，替幹枝的左眼實施義眼手術，並在手術過程中，逼他從眼窩後壁朝顱腔內注射活體螺旋菌（梅毒菌）。一開始，螺旋菌會侵蝕大腦，在幹枝腦中創造出超現實的虛幻世界，接著幹枝就會發瘋，陷入特殊的擬神幻想中，我便可以藉機觀察她。果不其然，幹枝不一會兒就變得端莊優雅、清麗脫俗，她聲稱自己是天上的仙女，有時還會像在天界花園眾車苑裡一樣，在木棉樹下嬉戲。幹枝的美令人如癡如醉，我不厭其煩地將她的一切記錄在這本札記裡，恐怕就連《寶積經》、源信僧都的《往生要集》等經典，都不及幹枝的美妙。

——不過，最令我訝異的是幹枝懷孕了。我立刻送她到沼津的農家待產，等孩子生完後，今年一月再把她接回失樂園。這段期間，她的身心狀況如我所料急轉直下，因為螺旋菌已侵入她的脊髓，引起運動失調並造成下腹激烈疼痛，而幹枝的幻想也隨著病痛變得哀婉淒涼，她像個垂死的仙女，總是嚷嚷著自己的花環枯萎了，羽衣也髒了，不久便一路退化，形同植物人。儘管尚有治療的可能性，但我已不再需要她，如今只剩安樂死一途而已。

——然而不及我出手，幹枝就爆發嚴重的腹水，她抱著六尺餘的大肚子，全身骨瘦如柴，像極了草紙中的餓鬼。望著這樣的幹枝令我感慨萬千，原來往昔的美貌不過是夢幻泡影、白雲蒼狗……

——我在三月六日為她動手術，從腹水中撈出數十個漂浮的膜囊，但她預後狀況極差，當日便香消玉殞。我既然讓幹枝化為仙女，為我帶來一年多美妙的天界體驗，那自然該紀念她臨終的模樣，這也是我將坐魚礁研究所命名為失樂園的原因——

等法水看完後，杏丸醫師繼續說道：

「研究完成時，除了幹枝以外，我們又得到兩具屍體。兩人都是療養院的病患，其中一名男子年約五十歲，名叫黑松重五郎，罹患罕見的松果狀結節痲瘋；另一名男子年紀輕輕，名叫東海林徹三，是罕見疾病艾迪森氏病的患者，他因為腎上腺病變，皮膚呈現鮮豔的青銅色。院長將這三具屍體製成了完整的屍蠟，並用一種叫繧繝彩的手法為他們化妝。他讓幹枝維持大腹便便的模樣，替其他兩人穿上冥界獄卒的衣服，將這三人布置成六道輪迴圖的模樣。」

杏丸說完，眼神中流露出輕蔑的笑意。

「院長為了和患者家屬談法律上的屍體保存權及交易價格，請了三位家屬來到島上。這是大前天，也就是十一日的事情。」

「他們還在島上？」

「是啊，這件事可不像國小數學那麼簡單，交涉起來困難重重。因為院長拒絕讓家屬看遺體，而黑松的弟弟和東海林的父親都對價格不滿意，尤其是幹枝的姊姊鹿子，她以前擔任過U圖書館員，現在是基督教救世軍的女傳教師，她一見到這本手札，就開出了一個破天荒的條件。她不要錢，而是想成為失樂園的一分子，很奇怪吧？」

「成為失樂園的一分子……」

連法水都訝異地簇起眉頭。

「大概是因為看了這個吧。」

杏丸說著，翻開最後一頁。

日期是手術當天，上面寫著幹枝長眠，還貼了一張黑桃皇后的撲克牌，牌的右上角寫著「柯斯塔初版聖經埋藏地點」，皇后頭頂則標註了「莫爾蘭特足」幾個字。

「我記得莫爾蘭特足指的是八根腳趾，也就是多指畸形。這會不會是某種暗號？」

法水微微歪著頭問，真積博士點了點頭。

「那柯斯塔初版聖經呢？」法水反問。

「若真的有，那就是歷史性的大發現了。」

不過法水似乎壓根就不相信。

「世界上最古老的活字版聖經是一四五二年出版的古騰堡本。雖然根據史料記載，同一年在荷蘭的哈倫也有人發明印刷機，出版了活字版聖經，但這個版本卻一本也沒留下。如今古騰堡本已值六十萬英鎊，若真的有柯斯塔初版聖經，那可是轟動全球的大新聞。」

法水說完，再度對杏丸道：

「麻煩你告訴我事發經過。你是先發現院長過世，還是河竹醫師呢？」

「是院長。」

杏丸說著，拿出一張平面圖交給法水，接著解釋：

「院長患有嚴重的肺結核，所以在無風的夜晚，他總會開著窗戶睡覺。大概是早上八點左右吧，我一眼就從窗戶察覺院長的模樣不對勁，但是當我去通知河竹時，敲門卻沒有反應，門也打不開。我等了約一個多小時，他始終不出來，我只好找來那兩名男性家屬陪我破門而入，結果赫然發現河竹背後刺著一把沒入心臟的短刀，趴在地上已經身亡。關於這兩個房間，院長室只有面對中庭的窗戶打開，門與其他窗戶都上了鎖；河竹的房間則完全密閉。至於驗屍結果，河竹自然沒有爭議，但院長就得等詳細的解剖報告出爐才會知曉，不過除了因病暴斃，我也想不出其他可能性。他們過世的時間相當詭異，院長粗估是在凌晨兩點到三點之間身亡的，河竹則是在今早驗屍時，推算出離死亡還不滿兩個小時。換句話說，犯人在我敲門叫河竹時，便神不知鬼不覺地殺了人，房裡不但沒傳出叫聲，也沒有任何聲響。」

杏丸說完，狡猾地笑了笑，壓低音量：

「不過法水先生，有件事我一定要告訴你。在發現院長身亡之前，我撞見番匠鹿子昏倒在屍蠟室的窗前，我立刻把她抱進房裡喚醒她，後來又因為太忙而先離開，直到十一點左右才去探望她，想不到她早就恢復正常，下床多時了。」

「這表示河竹遇害時，鹿子缺乏不在場證明。」

法水瞥了杏丸一眼。

「請你帶我去案發現場看看吧。」

六道輪迴圖的祕密

失樂園蓋在鶇島旁一座填土的礁岩上，礁岩面積約三百平方公尺，周遭環繞著鬱鬱蒼蒼的樹林，將裡頭團團隱蔽。那裡與本島之間連接著一座機關吊橋，只有院長和兩名助手知道如何操作。

整個格局如平面圖所示，座落於礁岩中央的平地上，四棟建築物都是塗白漆的木造平房，外觀與一般醫院沒什麼不同。

法水先調查了周遭是否有腳印，但昨晚被濃霧浸濕的泥土上只有杏丸的足

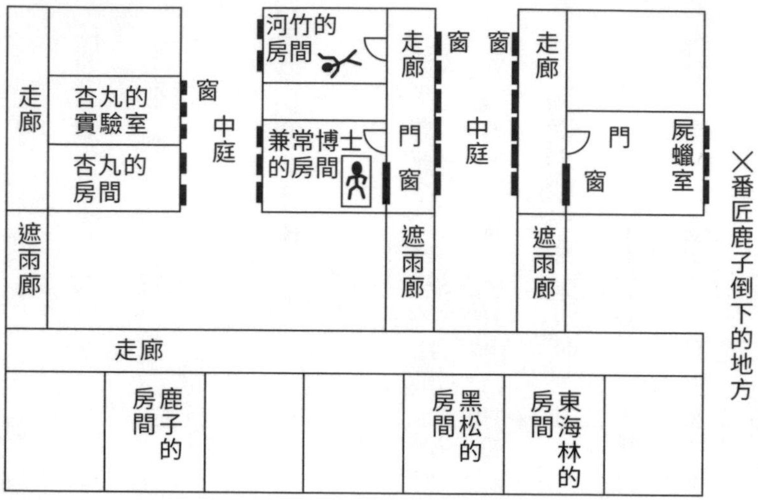

跡，除此之外什麼也沒找到。

接著他進入兼常博士的房間，越過窗戶望向對面，發現斜對面杏丸研究室的窗戶也是開的。

兼常博士房間靠走廊的兩扇窗是普通的玻璃窗，而且都上了鎖，面對中庭的三扇則是敞開的。門位在走廊側的左邊，右邊角落有床，兼常博士就身穿睡衣、四肢微開地仰臥在床上。

兼常博士年約五十四、五歲，要不是留著像法國首相白禮安一樣的濃密八字鬍，應該看得出來長相頗為嚴肅。他微微張口的死狀，彷彿只是安穩地睡著了。

房裡的擺設並無異狀，也沒有遭到破壞，連指紋和兇手的痕跡也找不到。屍體不但無外傷，也沒有中毒的跡象。兼常博士的右手攤放在床邊的矮桌上，手腕下的手錶玻璃碎裂，指針停在兩點整，證明了這就是他死亡的時刻。

「應該是心臟痲痺吧？」

法水翻弄屍體時，背後傳來杏丸的聲音。

「如果是栓塞，通常會造成強烈的痛苦，但院長既沒有流口水也沒有掙扎的痕跡，所以八成不是腦中風……另外，室內也很通風，毒氣應該起不了作用。」

「是啊，若真是這樣，這案子就好破了。」

不知為何，法水似乎不是很贊同，接著他開始調查屍體周遭的情形。

鑰匙串收在枕頭底下，一根也沒少。據杏丸所說，每個房間鑰匙的形狀都不同。法水不一會兒就離開了床鋪，觀察起附近的地板。

地上散亂著四、五個像乾扁膀胱的東西。經過杏丸醫師的說明後，這些一寸大小的袋狀物立刻變得格外醒目。

「其實我也很納悶，這些都是與幹枝的腹水一同取出的膜囊，當時撈出了三十幾個，都保存在屍蠟室玻璃皿中，有些還挺強韌的。」

「原來如此。」法水點頭道。

「明明是腹腔內的異物，卻散亂在房裡，還真令人毛骨悚然，不過，我認為這些都是犯罪的跡象，若膜囊也是凶器的一部分……」

「哎呀，你若硬要說是他殺，我的房間可就在對面耶。假設我在這些膜囊裡灌飽毒氣，投擲了這麼遠的距離，那這薄薄的膜早在途中就破了。要縮短距離的話，中庭也沒有腳印。」

面對杏丸的訕笑，法水報以諷刺的微笑。

「不，根本不需要腳印。因為這些膜囊是從中庭的另一個方向扔進來的。」

他指著一個個膜囊說道：

「你看，把這些膜囊連成一線的話，就會發現它們正好圍繞著屍體，排列成半弧形，這種放射狀應該有什麼意義才對，再加上後面的玻璃窗都上了鎖，種種跡象都暗示了有某種神祕力量曾施加在博士身上。總之，這個情況明顯並非自然死亡，不論是他殺或自殺，這半弧形都隱藏著博士死亡的祕密。」

離開死因不明的博士房後，法水移步到了河竹醫師房展開調查。

這個房間位在同一棟建築內，與博士房之間只夾著一個小隔間，窗戶全部都上了鎖，唯有被撞破的門是敞開的。房裡四周幾乎被實驗設備淹沒，中央倒臥著河竹醫師的屍體，他身穿睡衣，罩著一件袍子，腳正對著門，趴在地上呈大字型。

他背後心臟的位置插著一把沒入至刀柄的小刀，只有傷口周圍有滲血，附近並無任何血跡。要說房內哪裡奇怪，就只有屍體腳邊倒了一張椅子而已。

這把小刀是河竹的東西，犯人似乎戴了手套，因此刀柄上並無留下任何指紋。看樣子河竹醫師應該是當場死亡，但這裡與博士房一樣，不但沒有打鬥的痕跡，也看不出兇手入侵過。更何況，房門鑰匙就插在睡衣的口袋裡，兇手究竟是如何神出鬼沒地進入這間密室的呢？這令法水感到思緒如麻。

不久後，屍體右邊牆上的咕咕鐘開始報時，法水連一旁的實驗用瓦斯開關都檢查了，等全部都調查完後，他反常地嘆了一口氣。

「一點線索也沒有。死者是內出血，血幾乎沒有噴濺出來，連遇刺時的位置都無法判斷。」

「兇手在兩點左右殺害博士，接著又在清晨八點左右殺了河竹，這段期間內，兇手都躲在哪裡呢？」

杏丸道出心裡的疑惑，法水聽了他的話，不悅地簇起眉頭，沒有回答。

接著，法水審問了三名來到島上的家屬，兩名男性與杏丸一樣，昨晚就寢後就沒有離開房間，直到今天早上才聽說出了命案。結節痲瘋患者的弟弟黑松九七郎只希望屍體收購的價格能再高一點；艾迪森氏患者的爸爸東海林泰德則是一名藥劑師，他深知兒子的病程還不至於過世，因此言語間充滿了疑惑。

最後輪到番匠鹿子。她雙手抱胸，陷入回憶，描述起昨晚的目擊經過。她聲稱自己看見了沒有影子也沒有形體的「第五個人」，令眾人不寒而慄。

「我只是想再去見妹妹一面。昨晚一點左右，我在濃霧中來到屍蠟室窗前，想盡辦法把百葉窗的葉片撥開，接著點亮了一根火柴。燭光只映照出屋裡有幾個裝著袋狀物的玻璃皿，但我總覺得當時房裡還有其他人。」

「別開玩笑了，裡面除了三具屍蠟以外沒有任何人，屍蠟室除了院長以外，誰都打不開！」

杏丸醫師怒喝道，但鹿子依然堅持：

「不然就是我妹妹和其他兩人當時都還活著，因為我看見了一個詭異的景象。」

鹿子面色驚恐地說：

「當時，不知哪裡的鐘響起了兩點的報時，我點亮了最後一根火柴，結果玻璃皿突然發出一道白光，接著袋狀物就飄了起來，在房間裡上上下下地繞圈。那雖然只有短短的一、兩秒，但我立刻就嚇壞了，恐懼和疲勞使我暈了過去。這絕對不是我的幻覺，而是千真萬確的，你們一定要相信我。」

兩人聽完不禁害怕地面面相覷，杏丸不可置信地咕噥道：

「假設膜囊破裂，散發出腐敗的氣體，那的確有可能飛到空中。但那道光就無法解釋了，說不定除了我們以外，真的有其他人藏身在這裡——而那個人就是兇手。」

說完，他狐疑地盯著鹿子。

審問結束了，鹿子完全沒提到柯斯塔聖經，而法水也沒有追問鹿子的不在場證明。

但法水似乎想到了什麼，留下杏丸自己在房裡待了兩個小時，等他回來後，便決定去屍蠟室展開最後的調查。

屍蠟室位在案發現場右邊的建築物內，只有這個房間安裝了百葉窗，門則是雙層門，上面鑲嵌著忉利天之主帝釋天的玻璃畫——畫裡的帝釋天手指下界，正在命令犯錯的仙女下凡。

才剛到房門前，一股異樣的惡臭就撲鼻而來，法水等人只好用手帕摀住口鼻以抵擋這腐敗蛋白般的惡臭。映入眼簾的，是一副前所未聞、光怪陸離的景象。

屍蠟室裡與其說陰森可怕，不如說太過詭異，詭異到令人來不及恐懼、厭惡。或許用密宗神話來形容眼前的風景更為恰當。

門的右邊立著兩尊冥界獄卒，身上以朱丹、群青、黃土、綠青等傳統礦物顏料上了色。

右邊的獄卒是艾迪森氏病患，他形似青銅鬼，身穿綠青色單衣，表情悲痛；左邊穿紅衣的獄卒則是結節痲瘋患者，他容貌醜陋，身上的松果狀痂像連綿山峰一樣堵住雙眼與嘴巴，這些痂幾乎都已經礦物化、形同金屬，而他的身材則魁梧如巨人，像金剛力士般四肢用力張開，嘴巴歪向一邊，眼睛斜斜地瞪著半空中。

兩人中間蹲著裸體的番匠幹枝，她髮型中分，梳成了寶髻頭，肋骨的肉都凹陷了，四肢枯瘦成透明的琥珀色。這名發了狂的美人，抱著直徑兩尺餘的大肚子，彷彿還有心跳。

法水只瞥了一眼，立刻就走到屍蠟與窗戶之間的桌子旁。

桌上擺著一個大玻璃皿，裡頭裝著從幹枝肚裡取出的腹水以及膜囊，褐色汙濁的液體中，漂浮著二十多個像鱉蛋一樣軟爛的東西，異臭就是從這盤腐敗的腹水發出來的。

法水回頭看著杏丸說：

「這些腐敗氣體帶有強烈的硫化氫味，連玻璃皿底下的墊布都變成了淺綠色，因此兇手很有可能在這裡收集了純度高的硫化氫，再填充到膜囊裡殺了博士。但硫化氫對病人而言是致命毒氣，容易留下明顯的痕跡。何況即使兇手用的硫化氫純度夠高，也無法抵擋昨晚的濃霧，因為在飄散之前就會被水蒸氣吸收……。接著來分析鹿子目擊到的景象吧。」

法水說著站到窗邊，微微彎腰檢查玻璃皿，不久又帶著微笑起身。杏丸醫師覺得法水的樣子很古怪，也照樣做了一遍，但只覺得更加莫名其妙。

「我搞不懂你在笑什麼，疑點根本有增無減。這裡的膜囊都沒有破裂，要怎麼說明它飛到空中？鹿子看到的那道光也無法解釋。假設光芒是從中庭那邊透過玻璃窗照進來的，但玻璃皿後面站著兩具屍蠟，他們身上的朱丹綠青色布料會擋住光源，怎麼看都不可能是白光。也就是說，那道妖異的白光是在玻璃皿周遭發生的，那麼犯人就是我們四人以外另一個撲朔迷離的人物。既然如此，你笑什麼？」

「我笑當然是有原因的。」

法水平靜地說。

「你可能會覺得很諷刺吧，但鹿子的目擊證言確實是真的。杏丸醫師啊，她目擊的時刻正好是博士的死亡時間。這種感覺就好像發現了一種媒劑，能將一團霧氣提煉成結晶一樣。換言之，這就叫以毒攻毒、以謎制謎。」

「我不相信這種辯證法對犯罪搜查會管用。」

杏丸反駁。

「直覺是最準的，你為什麼不追問鹿子的不在場證明？」

「哈哈哈，因為有人的嫌疑比鹿子更重。」

「什麼，比鹿子更重？」

杏丸驚叫道。

「如果我說那人就是你呢？杏丸醫師。」

法水為了讓杏丸閉嘴，刻意挖苦道。

「剛才我在你的實驗室櫃子中，搜出了這樣的東西。如各位所見，這個『く』字形的木片是迴力標（一種扔出去會飛回來的玩具），上面插著一個用途不明的有洞的紙球……。我已經大致掌握狀況了，請各位先回本島，容我靜靜思考一下。」

柯斯塔聖經曝光

日落後不久，法水終於出現在嚴陣以待的真積博士等關係人面前。他坐下後平靜地說道：

「我知道兇手是誰了。」

「那你也知道柯斯塔聖經藏在哪裡嗎？」

現場瀰漫著緊張的氣氛，但鹿子卻對殺人事件漠不關心，開口只問柯斯塔聖經的下落。

她嘴唇泛白，汗珠從跳動的太陽穴上滑落，眼底熊熊燃燒著追求寶物的貪婪欲望。

「是啊，我知道柯斯塔聖經藏在哪裡了，但我想按部就班地說明案情。其實引導我破案的關鍵，正是鹿子小姐妳的雙眼。」

眾人一片譁然，法水安撫大家後開始緩緩道來。

「鹿子小姐目擊的現象是真的。換句話說，確實有妖異的白光，屋裡的膜囊也飛了起來。可是若那道光的光源就在玻璃皿附近，要不是代表屍蠟室裡躲了其他人，要不就是超自然靈異事件，但不論如何，我都相信確有其事。可若假設光源來自距離玻璃皿很遠的後方，又有朱丹和綠青色的衣服擋住光線。不過妙就妙在，當時這些衣服在鹿子小姐的眼中，呈現出了某種不可思議的景象。鹿子小姐，妳應該患有輕微的紅綠色盲吧？」

「你、你怎麼知道？」

鹿子不由地驚呼，錯愕地望著法水。

但法水只是公事公辦地繼續說：

「生理學上有個術語，叫做費格爾色彩表，只要在彩色的物體上寫下灰色的字，再蓋上一層布，色盲者就會看不到字，而鹿子小姐撞見的場景正好符合這些條件。換句話說，由於光線從玻璃皿後方射入，穿透了紅、綠色的布，照耀在褐色的腹水上，因此腹水在鹿子小姐眼中就變成了灰色，導致她看不見裡頭相同顏色的膜囊。而這剛好又是在她透過火柴光芒瞥見室內後立刻發生的，才會導致鹿子小姐產生膜囊浮動的錯覺。各位，這樣就證明了光線來自玻璃皿後方，那麼光源究竟在哪裡呢？答案是隔了好幾扇玻璃窗後的兼常博士房。」

接著，法水取出迴力標與紙球，杏丸一看到立刻低下頭，焦急地咬起指甲。

法水繼續說道：

「其實這兩樣東西都是在博士房對面的杏丸醫師實驗室裡發現的，從迴力標投出後會飛回的特性來看，杏丸醫師的嫌疑最大。這個到處都是圓孔的紙球，其實是火藥的彈殼，只要把灌入毒氣的膜囊塞進孔洞裡，再裝上一點火藥引燃，插在迴力標上投擲出去，膜囊就會在計算好的地點被炸飛出去，讓死者當場中毒暴斃。當然，彈殼也會隨著迴力標再度飛回手邊，當時發出的火花正好穿透好幾扇玻璃，照亮了屍蠟室的玻璃皿。」

這一瞬間，所有人都不可置信地望向杏丸。

但法水的口氣依然平靜。

「不過，若進一步檢查迴力標特有的飛行弧線，尤其是回程的大弧線，就會發現把杏丸醫師的實驗室當作犯案地點，其實是一種淪為表象觀察的謬誤。」

接著，法水在平面圖上畫了一道弧線，繼續說明。

「如各位所見，從杏丸醫師實驗室投擲迴力標的話，因為位置偏了一寸，再加上是弧線，所以一定會打到隔壁房間。此外，火藥也不可能直接點燃，還要考量導火線的長度。這麼一來，想用迴力標殺人就不可能了。但我腦中卻突然冒出一個想法，若在回程快結束時，再投擲一次迴力標……。」

「什麼，再投擲一次？」

真積博士訝異地抬頭，但法水只是冷冷地回看他一眼。

「也就是在回程的大弧線上，施加一股反方向的動力，讓迴力標再次發射出去。而這個動力就是引燃的火藥。這麼一來，迴力標的出發點就會變成與博士同棟的河竹醫師房。若要讓迴力標飛進杏丸醫師的實驗室裡，回程的大弧線就一定會飛進入兼常博士房。當時火藥正好引燃，膜囊破裂排氣時的反作用力造成類似火箭推進的現象，就是這股新的動力使迴力標逆行，飛進了杏丸醫師的實驗室裡。」

可是這麼一來，犯人究竟是誰呢？眾人聽得一頭霧水。光就案情而言，已經抽絲剝繭得差不多了，可是法水卻遲遲不肯透露最關鍵的兇手名字。

「說穿了，這就是一種嫁禍的手法，不論是迴力標或火藥，只要經過充分的物理計算，就有可能精確完成這一連串犯行。至於使用的有毒氣體，從屍體身上沒有氰酸中毒的反應來看，那大概是砷化氫吧。」

「可是砷化氫很容易揮發。」

真積博士再度反駁。

「有種現象能讓砷化氫一口氣下降到地面上，除非昨晚沒有那場濃霧。」

法水諷刺地回道：

「您應該知道，當溫度不同的氣流經過濃霧時，霧就會分成兩層，稱為赫姆霍茲現象。這種現象是由偉大科學家赫姆霍茲提出來的，想必不用我說您也明白。

一旦出現赫姆霍茲現象，就代表水蒸氣的表面出現溫差，導致氣體難以揮發，而昨晚的濃霧正是兇手藉此犯案的大好機會。從破裂膜囊噴發而出的砷化氫，受到火藥爆炸時引發的上升迴旋氣流擠壓，形成絲狀往下降，最後就鑽進了博士的鼻孔裡。」

「所以兇手到底是誰？」

「當然是河竹醫師。」

「那殺河竹的又是誰？」

「河竹其實是自殺的。」

法水笑了笑，想不到一切都顛倒過來了。

「河竹醫師是個性格扭曲的人，他為了拖其他人下水，費盡心思設計出了一套驚人的機關。那把短刀是從旁邊的實驗用瓦斯排放口射出來的。首先，他將短刀的刀柄插入排放口，然後在開關與排放口之間的鉛管上鑿一個小洞，再用抽氣筒把空氣抽出，接著在瓦斯開關的蝶形螺帽上綁繩子，另一端繫到咕咕鐘小門內的螺絲上，這個螺絲在每次報時的時候都會鬆開，鬆開時小門便會打開，讓鴿子飛出來，所以他必須在咕咕鐘報時、小門打開前，將一切準備就緒。等到整點報時，鴿子的門一開，繩子就被拉直，牽動蝶形螺帽打開瓦斯開關，瓦斯便衝進真空鉛管內，形成巨大的力量將排放口的短刀射出去。但因為計量錶的氣筏是拴著的，所以實際上只噴出了一點點瓦斯，很快就揮發掉了。那條線則從蝶形螺帽上被扯到他身邊，然後在接下來的一小時內，隨著螺絲捲進了咕咕鐘裡。」

「這麼說來，兇手真的是河竹了，可是他的動機到底是什麼？」

真積博士與杏丸醫師眼中寫滿同樣的疑問，法水繼續說：

「動機嘛，就是他發現了一個不得了的東西，逼迫他不得不殺了兼常博士，至於那是什麼，自然就是柯斯塔聖經了。河竹費盡心思終於得知了聖經埋藏的地點，為了占為己有便殺了兼常博士，但弔詭的是，河竹最後並未取走聖經。」

「什麼！」

鹿子忍不住歇斯底里起來，用力抓緊桌子邊緣。

「總之，繼河竹之後，我也找到了柯斯塔聖經埋藏的地點，因為我破解了博士留在那張撲克牌上的謎團。其實謎底非常簡單，很快就解開了。」

法水拿出香菸，開始慢慢解讀暗號。

「莫爾蘭特足指的是八趾畸形，比普通人多出三根腳趾，這多餘的『三』，代表必須刪除三個字，反覆組合後，我刪掉了莫特足三個字，剩下的『爾』、『蘭』，寫成日文片假名分別是『ル』『ラ』，只要將『ラ』向左倒，就會變成把『ル』寫在紙上時從背面看的模樣。這種映襯的特性，暗示了屍蠟室門上的玻璃畫。至於黑桃皇后，這張牌不論從任何方向看，都會呈現『井』字形，暗示了坑洞。於是我將玻璃畫中帝釋天所指的地板撬開來，底下果真有個天然坑洞，我就是在裡頭發現柯斯塔聖經的。」

法水說著，轉頭對鹿子一笑。

「柯斯塔聖經應該歸妳所有。」

照理說，法水從口袋取出時價一千萬元珍本的瞬間，應該會是歷史性的一刻，令人們驚訝、豔羨、嘆息，可是當大家看見他取出的東西時，全都驚恐地叫了出來。

因為那根本不是聖經，而是一個看起來像胎兒又不像胎兒的灰色扁平物。

鹿子怒不可遏地尖叫：

「不要耍我了！快把柯斯塔聖經給我！」

「這就是柯斯塔聖經。兼常博士將這個胎兒木乃伊比喻為柯斯塔聖經，因為他想用一個美好的詞彙來代稱這個被雙胞胎手足擠扁的小胚胎。」

法水望著鹿子欲哭無淚的表情，平靜地說道。

「幹枝懷的是雙胞胎。當雙胞胎太虛弱時，母體就會犧牲其中一方，讓另一個胎兒順利長大，幹枝的孩子正好是這種情況。兼常博士因為惋惜在同時代發明印刷機並出版聖經，卻因為古騰堡的光芒而埋沒在黑暗中的柯斯塔，便將這個遭到犧牲的小胚胎譬喻為柯斯塔聖經。各位啊，害死兼常博士與河竹醫師的兇手，說到底，不過是個譬喻罷了。」

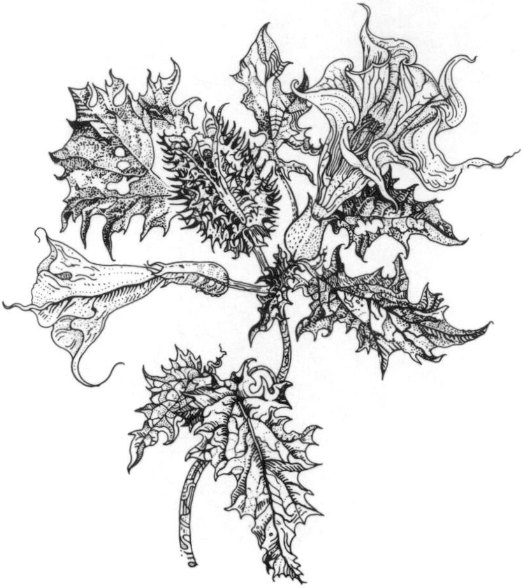

夢殿殺人事件

橫躺在那裡的尼姑屍體、金幡、佛桌，全都埋在金箔碎片裡，散落一地的數百片金箔，綻放著七寶紫磨般的光輝。啊，難道這就是《觀無量壽經》與《寶積經》裡所歌頌的阿彌陀佛極樂世界？

密室的孔雀明王

——（前文略）我知道這麼做是違法的，但還是決定在您親臨以前，暫時不向警局報案。因為這實在是前所未聞的陀羅尼奇蹟。

一名得道高僧慘遭殺害，身上烙印著金剛薩埵的真言，一旁的尼姑也被不可思議的方式勒死。不僅如此，現場還飄散著世上少有的香氣，響著梵天的樂音，閃耀著一片金色的光芒。啊！法水大人，不必我說，最後的真相一定會化為光明大焰，無邊無際地震撼十方世界……但在那之前，我希望能借助您卓越的推理能力，推翻那些藐視奇蹟的虛言妄語。

各位看到這裡，想必都對盤得沙婆的這封信嗤之以鼻，認為這只是瘋狂教徒荒誕無稽的幻想吧。但信裡描述的卻千真萬確，絲毫不假。三十分鐘後，法水麟太郎與支倉檢察官兩人，抵達了位於北多摩軍配河岸的寂光庵，見證了兩具留有菩薩殺人跡象的屍體。當時是八月十三日下午三點，熾熱的陽光如爐火般熊熊燃燒，而距離案發事件曝光已過了兩個鐘頭。

先簡單說明一下寂光庵的狀況吧。這座尼姑庵由自號盤得沙婆的工藤美奈子所建，她雖是女性，卻擁有文學博士頭銜，庵裡的尼姑也都是高知識分子。該教派屬於瑜伽大日經密宗的一支，經常攻擊並質疑其他宗派。就在最近，這個異樣的神祕教派出現了一位高深莫測的人物——一名自稱推摩居士的奇蹟修行者。此人詭譎古怪，先是不顧戒律公然闖入尼姑庵，又自稱是龍樹菩薩再世，屢次傳諸菩薩口諭並施行神祕術法，漸漸地，奇蹟修行者的名號傳遍四周，但他永遠都隔著一道簾子，在幕後傳道作法，從不以本尊示人，更增添了他的神祕感，景仰他的信徒也與日遽增。如今，這起前所未聞的神祕殺人案，就發生在寺內的夢殿裡，導致推摩居士的本尊意外曝光。

寂光庵是一棟模仿新藥師寺而建的天平文化[1]建築，庵內寂靜冷清，走過漂滿菱葉的翠綠池塘，看見建築物的窗櫺後，一大片如海浪蜿蜒起伏的屋簷隨即映入眼簾。金堂[2]就位在層疊環繞的伽藍七堂[3]正中央，僧房玄關垂掛著神獸鏡造型的大銅鑼，銅鑼聲為法水的辦案拉開序幕，意味著他將破解在仲夏白晝殺人的惡鬼所畫下的神祕血腥曼陀羅陣。

法水見到住持盤得尼姑的髮髻後，才得知這是一個帶髮修行的尼姑庵。盤得尼姑雖已年過五十，卻容光煥發、頗具威嚴。不過仔細一看，她的神色帶著一抹異常的傲氣，還有一種用冷酷無法形容，像在盤算陰謀似的詭譎女巫氣息。沒過多久，法水就被帶到了正殿旁的一個房間，房間左右各有一條走廊，幽暗的光芒

譯註1　西元八世紀中葉左右，在奈良平成京蓬勃發展的貴族、佛教文化。

譯註2　即佛殿，用來安置佛像。

譯註3　佛教寺院的主要建築群，包含塔、金堂、講堂、鐘樓、藏經閣、僧房、食堂等。

隔著書院從外側的窗櫺透入。入內後，盤得尼姑指著正面的門，壓低嗓音說道：

「我們到了。這裡叫做夢殿，以前是寺樂與禪定的修行所，最近則是推摩居士祈禱和通靈的地方……」

夢殿裡有六扇塗黑漆的木門，青銅刻成的雙獅門栓上掛著一個大鎖。盤得尼姑將鎖卸除，打開木門，裡頭還有一扇半掩的格柵門，黑色邊框內的格柵鑲嵌著西之內和紙製成的窗櫺紙。厚重的格柵門隨著尖銳的金屬零件聲開啟，鐵鏽味頓時消失，一股密閉空間內悶熱、嗆鼻的臭氣隨即撲來。裡面是一個二十多張榻榻米大的空房，一樓木地板與相當於二樓地板的天花板之間，中央各嵌著一扇關東庫房建築特有的格子小窗。夕陽餘暉從兩邊的窗櫺灑落，呈暗銅色反射在周遭的牆壁上，這道微弱的光芒映照著正面的牆，令牆上的十一面千手觀音畫像顯得栩栩如生。法水一邊盯著畫像，一邊跨過門檻時，察覺右邊樓梯口擋著一個奇怪的東西。仔細一瞧，昏暗之中，一名僧人打扮的男子，穿著帶有地圖般血跡的白衣杵在那兒，男子雙手插腰、雙膝跪地，目光炯炯有神地盯著前方。等法水的眼睛適應黑暗後，才赫然發現眼前的景象有多麼駭人，原來男子並非跪地，而是雙腿從膝蓋以下三寸左右的地方被截斷，兩根木腳般的杵支撐著全身抵在牆上。「這就是推摩居士。」盤得尼姑聲音恍惚地說道，顯然因眼前的慘劇而受到了驚嚇。唉，真是諷刺，死者居然就是那名奇蹟修行者。

「他從中午左右進入夢殿，一小時十五分之後被人發現，這段時間裡夢殿沒有傳出任何聲響，也沒有尖叫聲。」

推摩居士的年紀與盤得尼姑差不多，看起來就跟一般追逐名利的凡夫俗子沒有兩樣。他留著銀灰色的鬍子，顴骨有稜有角——從面相來看，應該是一名性格倔強、渾身帶刺的人，此外還有幾分異教徒的氛圍與暴戾之氣。總體而言，他渾身上下沒有一點潛心向佛、需要信徒供養半月份伙食的神祕修行者氣質。然而，與他的形貌相反，觀察推摩居士的表情和姿勢，會發現他絲毫沒有恐懼、驚愕等被害人應有的情緒，反倒沉浸在一種如夢似幻的氛圍裡，他雙眼清澈、陶醉地閃閃發亮，嘴角微微上揚。這滿溢而出的詭異氣氛，讓人不自覺忘了眼前血腥的景象，那是一種法喜、嚮往，像孩子一樣全然虔誠、原始的宗教情緒。想必推摩居士面前，一定出現了什麼前所未有的異樣情景，而且直到瞑目以前，該景象都在他眼前上演。然而，他那穿著半身白衣、繫著腰帶的血淋淋身軀，卻已經僵硬、冰冷了。法水先是盯著屍體的大腿，接著收回視線，在染血的右掌上擦拭了幾下，似乎想找出些什麼，隨後，他開始調查白衣上四塊大血跡底下的傷口，接著，他像是心臟被狠狠捏了一下一樣大吃一驚，因為衣服底下赫然出現了兇手留下的神祕咒語。

這四道傷口，其中兩道位在左右上臂的外側，也就是肩膀往下約兩寸的地方，剩下的兩道在左右腰骨的突起處，也就是臀大肌的三角部位。法水發現這些傷口都位於人體側面最突出的地方，位置不但左右對襯，還上下垂直連成一線，不過最駭人的是這些傷口明顯是某種文字，而且怎麼看都不像人為造成的——倒像是放在精巧的捏陶轉盤上雕出來的一樣整齊，連左右兩邊傷口的細節都完全一致。更仔細地說，上臂的傷口似乎是被銳利的鉤子朝上勾出來的，傷口底部深達三公分，往上漸漸變淺，一共長達六公分，呈「乃」字型；腰際的傷口則呈「玄」字型，全長比前者稍長，深度差不多。但疑點並非僅止於此，這每一道傷口的末端都不是V字型，而是不規則的星形，從痕跡來看就像被某種棒子挖過一樣。換言之，仔細檢視這四道傷口，就會發現凶器應該像貓爪一樣，除了首尾的形狀不同，還能伸縮自如。法水轉向盤得尼姑，罕見地用神經質的語氣問道：

「我總覺得這些傷口看起來很像梵文。」

「您說得沒錯，這是『訶』（乃）和『囉』（玄）兩字，都有誅戮神通的涵義。」

盤得尼姑略帶諷刺地微笑道。

「原來如此。」法水點點頭，臉色有些蒼白，接著再度檢查起屍體。屍體周遭只有一點點從四個傷口滲出的血，血滴零零星星，但死者看起來卻筋疲力竭、消瘦無比，這是嚴重出血才有的特徵。他的皮膚鬆弛、發皺，微微透著妖異的燐光，從第二指關節起缺中指的左手與缺無名指的右手，手背上的肉完全陷入骨頭裡，指頭又細又尖，散發詭異的光芒，自膝蓋骨以下到木杵則幾乎萎縮成圓錐狀。從這些特徵來看，夢殿某處一定留有大量血跡，而推摩居士就是從那裡被搬過來的。可是，這四道傷口都避開了大血管及內臟，再加上他也不像患有血友病，那究竟是如何引發嚴重出血的呢——這讓法水百思不得其解。由於死者身上除了這四個傷口外，完全沒有其他損傷，因此法水很快就驗屍完畢了。盤得尼姑見他忙完，接著說道：

「這樣您應該知道為什麼戒律森嚴的尼姑庵會收留推摩居士了吧？如您所見，他非男也非女，因為他在日德戰爭被炸傷，失去了雙腿與某個器官，但不可思議的是，自那以後，他就成為龍樹菩薩的化身了。」

「住持，這我一看他的大腿就知道了。」法水沒好氣地回道。「他的雙腿向內彎曲，若下肢完整，就會像馬蹄形彎起來，這稱為馬蹄內翻足，是傷殘常見的病變。他的膝關節異常僵硬，就是這個原因。這種傷殘也容易引發癔病，兇手正是利用了他無意識的癔病，將平常他施行神祕術法的『惡魔之爪』（中世紀女巫的一種妄想症）還施彼身。但我不認為這些梵文傷口是人為造成的。」

「惡魔之爪！怎麼可能？」盤得尼姑憤怒地渾身顫抖，輕蔑地說道：「那這要怎麼解釋？想必您也發現了，從樓梯頂端到這裡一滴血都沒有，那麼法水先生，滿身血跡的推摩居士又是怎麼被搬到這裡來的呢？我不認為兇手會蠢到讓自己的身上沾滿血跡，那樣根本是不打自招。」

事實正如盤得所說。先前兩人之所以沒注意到這點，是因為光線昏暗，以為五、六階上就有一攤血跡。於是法水開始調查一樓，但只發現地板小窗生鏽的鎖遭到破壞，並從地上撿到了幾片金箔。接著，法水離開陰暗如赭岩海底般的一樓，步上樓梯。

然而才走到一半，法水便不禁停下腳步，呆若木雞。他的眼前突然出現一片閃爍的金光，因為太過耀眼，令他一瞬間忘了自己身在殺人現場，剛才讀盤得尼姑信件時被他嗤之以鼻的種種幻覺，如今就像寒天一樣凝固在他眼前。橫躺在那裡的尼姑屍體、金幡、佛桌，全都埋在金箔碎片裡，散落一地的數百片金箔，綻放著七寶[4]紫磨[5]般的光輝。啊，難道這就是《觀無量壽經》與《寶積經》裡所歌頌的阿彌陀佛極樂世界？

樓上與樓下的房間一樣，擺設都不多，上樓後，右邊牆上鑲嵌著一個小鐵窗，剩下環繞的三面牆都塗了得齋黑漆，樓梯口底端則有另一段樓梯通往閣樓，也就是三樓，只有這裡的結構是內嵌的，右邊地板沿著牆面凸出一截，而由於三樓地板是神馬廄結構，所以約有四分之一空間規劃成了鏤空的長方形，這樣從樓下抬頭時，就能看到如巨龍般的屋樑在黑暗中朦朧地發光。法水一一撿起四散的金箔碎片細看，有些表面帶有血跡，有些沒有，兩者混在一起，已經不可能恢復血跡的原貌了。至於四面翻倒的金幡，雖然還留有些微金箔的斑點，但都光禿禿的，連曼陀羅[6]底部的植物莖都露了出來，這代表滿地的金箔原本是附著在金幡上的，然而金箔上並無足跡，曼陀羅表面也沒有任何刮痕，那麼究竟要用什麼方法才能讓金箔脫落、散落一地呢？

法水先是將金箔聚集在一處，接著展開調查。地板上只有零星的血滴，至於二樓室內的格局……地板中央有一道能從樓下往上望的格子小窗，後方擺著一對能精準連接膝蓋骨以下部位的推摩居士的義肢。前方有兩張竹席拜墊，左邊擺著一座火焰太鼓，底下有一支翻倒的笙。兩張拜墊中間放了一張佛桌，上面有金剛

譯註4　金、銀、琉璃、珊瑚、琥珀、硨磲、瑪瑙。
譯註5　帶紫色的黃金，是所有真金中的最上品。
譯註6　佛教祕宗對法器的稱呼，在這裡代指金幡。

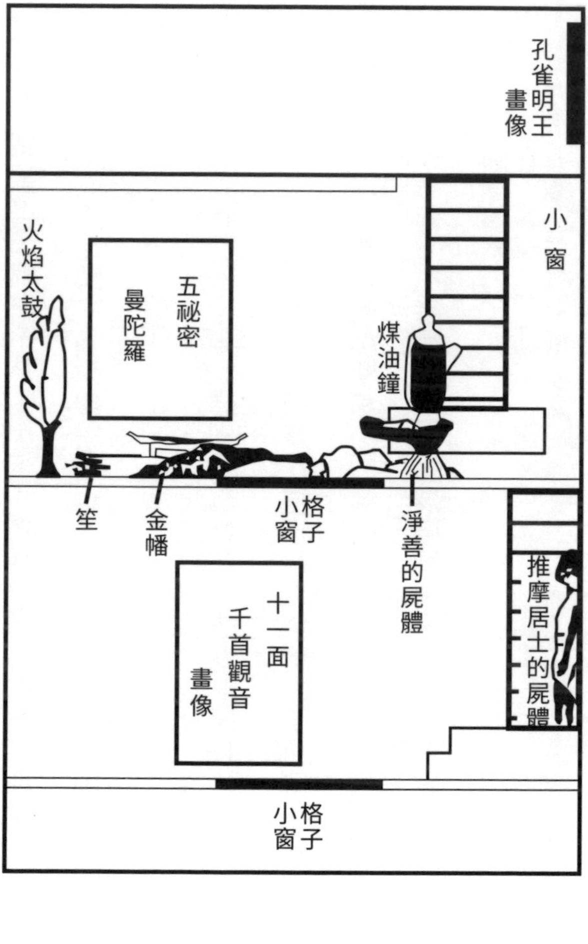
孔雀明王畫像
小窗
火焰太鼓
五祕密曼陀羅
煤油鐘
笙
金幡
小格子窗
淨善的屍體
推摩居士的屍體
十一面千首觀音畫像
小格子窗

鈴與經文，右邊有一個古老的煤油鐘，只要將煤油加入附刻度的圓鐘狀玻璃管，油就會從中央流到長柄另一端的燈芯，點燃後觀察減少的油量，就能得知時刻。不過，這個鐘早就熄滅了，奇怪的是刻度停在兩點鐘。拜墊的另一端掛著一幅《五祕密曼陀羅》，以上就是二樓所有的格局擺設。

淨善尼姑的屍體雙眼圓睜，頭朝樓梯，雙腳靠著拜墊，四肢微開仰躺在地上。她年約三十歲，容貌稱不上多美，但表情安詳，帶有一種靜思的莊嚴。她的身體尚未僵硬，仍殘留些微體溫，但最驚人的是，她身上有兩種詭異的傷痕。其一是四肢都有綑綁的痕跡，且位置很奇怪，分別在上臂中央與膝蓋骨往上約兩寸的大腿處。其二就更匪夷所思了，喉嚨到雙耳下竟然有四隻手的勒痕，纖細的指印成對深深陷入脖子。這四隻手應該是同時施力的，因為脖子上只有一塊血痕，上面留有每根手指的痕跡，指痕又很整齊，除此以外，並無任何擦傷。

「下手真狠！」法水打破了沉默。「軟骨幾乎都碎了，連頸椎也脫臼，可見勒她的力量大得超乎想像，但又不像是重物造成的，因為這肯定是人類的指痕。」法水說完轉向檢察官：「不過，支倉，這具屍體的死因尚不能拍板定案。她雖然有一定程度的皮下出血與腫脹，勒斃的痕跡也非常明顯，但弔詭的是她並無窒息致死一定會出現的痙攣現象，也沒有抵抗的痕跡，甚至表情還很安詳。此外，將推摩居士白衣上的葫蘆狀血痕與淨善衣領上的零星血跡比較，會發現前者的血跡已經有些泛黃，而這具屍體卻完全沒有這些跡象。從這件事可以推斷，自推摩居士死亡到淨善過世，中間一定隔了不短的時間，不過這樣就出現一個新問題了，究竟這段時間內，淨善在做什麼？」

「會不會是毒殺呢……」檢察官試圖表達看法，卻被法水打斷：「不，支倉，這裡還有一個悖論。雖然很令人難以致信，但這名尼姑直到死時應該都還有意識。倘若解剖後沒查出能讓腺體急速收縮的毒藥，就代表淨善可能在這段時間歷經了人類所能承受最大的恐懼。很悽慘對吧？身體被捆住動彈不得，只能瞪大雙眼，目睹世界上最可怕的慘劇，最後眼睜睜地看著自己被勒死。」他說完摸了一下屍體的眼球，講出結論：

「你看，眼睛一點水分也沒有，像在摸木頭一樣。屍體黏膜在死後確實會乾燥，但才過兩個小時就乾成這樣可是前所未聞啊。再加上她眼球上沾到的血滴完全沒有暈開，代表淚腺已經過度收縮。不論是血管還是腺體末端急遽收縮，這全部都是極度恐懼所導致的現象。而且她一點痙攣的跡象也沒有，代表她直到斷氣都還保有意識。」

法水起身後，臉色非常難看，連身子都在顫抖，可見這次的案子異常棘手。

「不過支倉啊，有件事更令人費解，淨善脖子上滲出的血，都到哪裡去了？」

「嗯，的確有必要測量一下體外血量。不過搞不好是被吸掉了，若是遇到吸血鬼，她這麼恐懼就說得通了。」檢察官自言自語道，法水則略帶嘲笑地看了他一眼：

「這次的事件就不必勞煩在波爾那工作的秦肯教授了，畢竟這散落一地的金箔應該還不到兩百克。」

法水刁著菸思考了一會兒，接著拿起一面金幡。四面金幡造型都相同，寬兩尺、高七尺，上面三分之一是緬甸如意輪觀音的刺繡，唯有托腮的右手食指是突出的，為了避免它斷裂，上頭還用薄銅板圍成菱形狀加以保護。底下是五張中央有圓孔的細緻網狀方旛，每面金幡都很輕盈，約兩公斤左右，卻比一般曼陀羅粗壯強韌，想來並非用蓮花纖維編織而成，而是其他植物的莖桿。根據盤得尼姑所說，這幾面金幡從頭到尾一氣呵成，編得相當扎實，沒有任何接縫。樓上凸出的地板繫著一條延伸到拜墊前的繩子，法水將其中一面金幡掛上去，發現距離地板還有五寸多的空隙。接著他又撩起金幡波浪狀的下襬，比對淨善的勒痕，發現形狀雖然酷似，長度、大小卻遠遠不足。法水流露出失望的神色，開始在室內踱步，接著他發現火焰太鼓後方的牆壁上有個洞，便向盤得尼姑請教那是什麼。

「那是傳聲管。右邊拜墊是淨善的位子，左邊靠火焰太鼓的拜墊則是推摩居士的座位，書院裡的人會透過傳聲管聽取龍樹菩薩請推摩居士代傳的口諭，今天則是由普光尼姑負責聆聽。」接著盤得尼姑說明了事件發生時的情況。

——由於推摩居士身上出現了龍樹菩薩降臨的徵兆，盤得尼姑與淨善便帶著推摩居士進入夢殿，當時盤得尼姑為煤油鐘加油到零點，接著點燃油燈，於零點五分左右離開夢殿。就在她步出門的同時，笙樂響起，但並沒有火焰太鼓聲，只有笙單獨響了兩、三分鐘，直到一點十五分智凡尼姑發現大事不妙之前，房裡都沒傳出其他聲響。至於尼姑們的動靜，當時盤得尼姑在自己房裡，普光在書院，寂蓮在遙遠的藏經閣，智凡在更換主殿的裝飾……事件過後，夢殿內的變化只有小窗被打開，以及煤油鐘停在一點三十分處熄滅——這兩處而已。

聽完盤得的敘述後，法水再度展開調查。

「支倉啊，請你找找看地板有沒有推摩居士留下的皮紋[7]。」

然而搜查結果卻空空如也，此時豔陽正毒，支倉流得滿身大汗，但光滑如鏡的地板上就是沒有推摩居士的皮紋。直到最後，支倉的眼神才落在地板上的一點，當法水從一旁看著支倉默默指著的地方時，他感到自己的心臟一陣狂跳。從左邊推摩居士所坐的拜墊，到通往三樓的階梯處，有一連串淺淺的四星形紋路，每個紋路中央皆呈塊狀，前面連著三個箭頭，後方連著一個箭頭，從形狀來看無疑是巨鳥的足跡，而且還是從前方走來，直到拜墊邊緣消失。支倉沿著足跡往回走，爬上樓梯，來到三樓，最後停在從凸出地板靠牆鋪著的一塊竹席前。支倉抬頭看著前方的牆壁，不禁啞然失聲，原本支離破碎的眾多謎團，竟然渾然一體地兜在了一塊。包括梵文形狀的傷口、消失的血跡、淨善咽喉上匪夷所思的勒痕……這一切的一切都能從駕著孔雀、擁有四條手臂的「孔雀明王」幽暗畫像中找到答案。這幅高四尺、寬三尺的大型畫像中，畫著一隻展翅的印度孔雀，一名長著左右共四條手臂，手捧寶珠、結著法印的詭異女身佛，盤坐在印度孔雀背部的蓮座上，散發出一股充滿密宗氣息、癮病般的幽暗之美。孔雀尾屏上的羽眼以朱紅的密陀僧[8]上了色，形狀彷彿果核，成排的橢圓形鮮豔斑點在一片幽冥、如血液稀釋過的黑暗中泛著光芒。然而此時此刻，這幅畫的密宗獨特陰森氣息已不僅僅是一種氛圍，因為裡頭隱藏了好幾樣詭異的特徵，都與犯罪有關。

「兇手真是煞費苦心啊。從現場來看，只有可能是孔雀從畫像中走出，下了樓梯，伸出銳利的爪子殺死推摩居士，背上的菩薩再伸出四隻手勒斃淨善。」法水用做夢般的語氣說道，接著冷冷地對盤得尼姑一笑：

譯註7 即指紋、掌紋等手腳留下的紋路。

譯註8 一種黃中帶紅的氧化鉛礦物顏料。

「住持，這起神話故事的結論，真的變成菩薩殺人了，但我卻愈想愈覺得充滿蹊蹺。」

「您究竟想說什麼？」

盤得尼姑毅然抬頭。

「說穿了，這是天啟妄想。在波曼所著的《宗教犯罪心理傳播》中，記載過一起十六世紀初，於蘇黎世羅馬天主教會出現的奇蹟。八月傍晚，教堂的天主像突然消失，取而代之的是一具神聖的肉身耶穌屍體倒臥在十字架下，不論傷口或外型，這具屍體都與天主像如出一轍。更神奇的是，傷口並非從皮膚外造成的，而是像斑點一樣自體內浮現，這在全蘇黎世引發了一陣騷動，不過更加匪夷所思的是，隔天清早，那具耶穌屍體竟然悄悄消失了，而木製耶穌像則跟往常一樣回到了十字架上。後來的三個世紀，類似的奇蹟依然時有所聞，直到十九世紀末，心理學教授賈斯特羅才終於解開謎團。您應該聽說過聖痕[9]這個心理學名詞吧？

這位法國的大學教授，找到了一名鄉下女孩，在她身上證實了這是由聖像凝視所引發的一種變態心理現象。若從這個角度來看……」法水說著，臉上浮現出一抹殺氣：「當時瑞士正受到新教重浸派入侵，天主教重鎮岌岌可危，恐怕主教就是為了力挽狂瀾才策劃了這樁陰謀，刻意製造了所謂的奇蹟。同樣的，此次事件在我看來，也是一種邪惡的天啟妄想。」

盤得尼姑聽得啞口無言，她直直地盯著法水的臉，接著勾起一抹輕蔑的微笑。

「那請問法水大人，相當於主教的我，又是如何進入夢殿又離開這裡的呢？不瞞您說，入口的格柵門是我刻意半掩的，那扇門的聲音非常響亮，連河岸都聽得到，且事發時，木門已經上了鎖，在智凡尼姑到來時，二樓也還有笙樂聲。法水大人啊，這個夢殿可是一間密室，在密室之內，除了孔雀明王與祂的坐騎有可

譯註9　指基督徒身上莫名顯現與基督受難時相同的傷口。

能行兇以外，難道還有其他人嗎？」

密室，而且還有大量血跡在裡頭消失——這下就連一向神機妙算的法水都踢到了鐵板，臉上不禁浮現出羞愧、動搖的神色。

火焰太鼓的祕密

盤得尼姑離去後，法水調查了三樓卻一無所獲。接著他再度回到二樓，指著煤油鐘說道：

「現在只有這個可以當成線索了。為什麼在一點十五分事發時已熄滅的煤油鐘，刻度會停在兩點呢？從煤油燒得異常迅速的情況來看，犯人打開小窗的時刻也就呼之欲出了。」

「照這樣看來，煤油鐘大概是在金箔四散時熄滅的吧？」

「嗯，沒錯……」法水輕輕點了點頭。「然而問題在於油罐內側……各位請看，離煤油表面約一點五公分的地方，卡著一隻大蚊子的腳。這隻腳的足鉤朝上、往右傾斜，但大蚊子的身體卻位於反方向，漂浮在離腳約三公釐的左邊。可見這隻蚊子在油罐裡沿著壁面轉了好幾圈，代表煤油曾出現漩渦，而煤油鐘又對溫度特別敏感，頂多在夜晚充當照明，那麼當它曝曬在陽光下，耗油之迅速自然不難想像。換言之，當蚊子屍體隨著油量減少，沉得比足鉤位置還要低時，就是兇手打開小窗的時刻。這麼一來，當陽光照到油罐下方，加熱的油就會往上浮，在表面引發漩渦。油流動的速度會隨著升溫而逐漸加快，於是刻度前進的速度也跟著突飛猛進。所以啊，支倉，兇手打開小窗的時刻，應該是在十二點四十分前後。」

「原來如此，不過兇手打開窗戶的用意，應該不是要讓煤油燈燒得更旺，而是要扔凶器吧……」

法水一聽，無奈地笑了笑。

「你可以去找找看凶器，肯定找不到的。光看這梵字型的傷口與左右分毫不差的精密度，就能肯定凶器絕非人手所操控。支倉啊，我們更應該調查的是為何地板會留下孔雀的腳印，不是嗎？比如說，這些印子其實是推磨居士的足跡，所以才會印下三角形膝蓋骨痕跡。」

「你認為呢？」

「嗯，我的想法比較異想天開，我認為推磨居士是倒立行走的，而且手掌沒有完全貼地，而是用指根支撐全身。」

「開什麼玩笑。」檢察官不可置信地反駁。

「支倉啊。」法水嚴肅地蹙起眉頭，一步步走下階梯解釋：「除了我推斷的這個可能性以外，推摩居士的身體在理論上都不可能倒立行走。而我推斷的依據，是他的右手中指與左手無名指，從第二指關節以下被截斷，產生了一種叫光指的現象。他的指根遭炸彈炸傷，傷到了神經，因此如你所見，手指又細又尖，還透著藍白色的燐光。在戰地醫院，倘若沒有傷到主神經，醫生絕不會替病患動包鞘手術，反正只要傷口無大礙，對日常生活也不會造成影響，結果就引發了雷契凡神經代償現象。這是一種瀕死時的代償作用，傷口周圍僅以纖維微微連結的神經，會拚命傳送營養與震動。根據實驗指出，這個現象在外傷性癮病的患者身上也很常見……一旦傷口周遭的神經麻痺，原本斷裂的神經就有可能承受來自肌肉的震動，令斷肢不可思議地動起來。支倉啊，我所指的就是這個，若我這異想天開的推理正確，就表示孔雀足跡是推摩居士突然倒立走出來的。」

離開夢殿後，法水移步至普光的房間。此時普光尼姑已經甦醒，卻因為過度疲勞而無法起身。她年近四十，看起來非常冷靜、聰明，下巴埋在棉被頭裡，口氣嚴肅地道：

「我以前從不認為佛陀會行誅戮這等可怕的事，但我卻聽見了推摩居士的慘叫聲。」

「什麼，妳聽見了他的叫聲？」

「是的，在我聽見住持離開夢殿推動格柵門的聲響後，不久裡頭便傳來笙樂，接著響起了踩踏木板的聲音。當我第二次聽見腳步聲時，忽然嗡地一聲發出不明巨響，接著笙樂就停止了。再過了二十分鐘後，我就聽見推摩居士大喊『四隻手！』以上聲音都是從二樓傳來的，接著聲音就轉到了一樓的傳聲管。」

「這麼說來，有兩支傳聲管？」

「對，一樓的傳聲管鑲嵌在階梯中央的橫板與牆壁之間，但位置不是很明顯。我從裡頭聽見了推摩居士低沉的說話聲。」普光的聲音微微顫抖，眼中散發出異樣的光芒。

「他說寶珠消失了，孔雀在翱翔。沒過多久，二樓就傳來一陣輕飄飄的聲響，等那聲音停止，笙樂又立刻響了起來，不，中間應該還隔了一段時間。後來格柵門開啟，笙樂便戛然而止了，再來就是一片死寂。」

「謝謝，請問妳看過推摩居士的遺體了嗎？」法水突如其來一問。

「嗯，剛才和寂蓮去看過了……所以才會這麼疲倦。」

「妳在推摩居士白衣的袖子上有看到什麼嗎？」

「這……這我倒是沒注意到。」普光的口氣突然變得很冷淡，說完就撇頭鑽進被窩裡。

「有兩根傳聲管啊……」來到走廊後，法水意味深長地呢喃道，他看了旁邊的房間一眼，接著面向檢察官說：

「支倉，你覺得怎麼樣？不如我們就把這房間當作審問室，擺張天平椅[10]，把剩下的人證都審一審吧。」

譯註10 法官審案時坐的椅子。

第一個傳喚的是寂蓮尼姑，一名宛如從戈佐利[11]畫作中走出來的美女。她年約二十六、七歲，渾身散發出一股純潔高雅、出塵脫俗的氣質。這名負責管理圖書的天使般女子，聲稱事發當時她正在藏經閣，接著便發表了一番有關推摩居士之死的驚人見解。

「我認為推摩居士只是為自己建造了一座美麗奇幻的墳墓，然後在墓中陷入假死，相信再過不久便會甦醒。至於淨善之死，智凡應該更清楚才對。」

「什麼，假死？妳說假死？」檢察官瞪大雙眼問道。

「是的，他的內臟毫髮無傷，而且現場明明只有一丁點血跡，卻陷入了嚴重出血的虛脫狀態，這些都是假死的證據。」寂蓮尼姑斬釘截鐵地說道。「看來您並沒有讀過哈尼舒所寫的天啟錄。那您聽過瑜伽呼吸法嗎？別西卜的咒語呢？或者讀過達爾維拉和泰拉的著作？」

「很遺憾，我都沒有讀過。」法水索性承認，接著語帶挑釁地說道：「不過寂蓮師父啊，大概再過六小時，推摩居士的內臟就會四分五裂了。」

「咦，您要解剖？」寂蓮似乎嚇了一跳，暈眩使她的身體晃了一下。「您怎麼可以拿活人開刀呢？你們現在就跟堅信《大吉義神咒經》吸血傳說的住持沒兩樣，簡直大錯特錯，一旦動刀，就是合法殺人啊。」

「若解剖能帶出決定性的證據，有何不可？」法水冷冷地道。

「我記得是伏爾泰吧？他曾說過，只要混入番木鱉鹼，就連咒語也能殺人。」

寂蓮臉色陰鬱，憤恨地瞪著法水，不一會兒就粗魯地拉開紙門，離開了房間。

「支倉啊，看來這女尼很崇拜推摩居士的巫術。尼姑庵的人似乎分成兩派，而殺人動機就在這裡……」

譯註11 貝諾佐・戈佐利（Benozzo Gozzoli），義大利佛羅倫斯的文藝復興畫家，以《三王來朝》壁畫而聞名。

法水話說到一半，智凡尼姑便走了進來。這名身材壯碩如男丁、帶有薄鬚的女尼，一坐下來就要了根香菸吞雲吐霧起來：

「你們不覺得這很可笑嗎？若推摩居士真的是龍樹菩薩的化身，那他為什麼不像入龍宮時打開南天鐵塔一樣，用七顆芥子打破密室？」

「嗯，這說法挺有趣的。妳對淨善的死知道些什麼嗎？」

「這我還沒有向任何人提過，其實，我見到了犯人。」

「妳說什麼！」檢察官一不小心把嘴上的菸掉到了地上，智凡尼姑則平靜地往下說。

「當笙樂響起，通知我祈禱已結束時，我便從鑰匙盒取出木門的鑰匙，然後推開格柵門，結果赫然從天花板的小窗瞥見一個手忙腳亂的人影，接著笙樂就突然停止了，當時我發現推摩居士已經倒在一旁，所以愣了一會兒，等回過神來才趕緊上樓，結果就撞見淨善雙手摀著臉，悽慘地躺在地上，對了，當時樓下並沒有其他人……」

「也就是說，淨善的屍體跟現在的狀態不一樣。」檢察官說完看著法水，而法水也感到毛骨悚然。

「要不是當時淨善還活著，就是她的屍體動了。但屍體在僵硬以前，應該會文風不動才對。」

「沒錯，這表示淨善當時還活著，是後來才被殺的。」智凡尼姑一口咬定。「當時我撞見推摩居士彷彿慘死於魔法下，自然一刻也待不下去，於是立刻飛奔出門，將屋裡的狀況告知住持，但住持進入夢殿後，卻待了好一陣子都沒出來。後來我和寂蓮進去時，淨善的姿勢就變了，所以我認為，一定是淨善先殺了推摩居士，而住持又殺了淨善。我的推理絕對沒錯，住持大概是想藉由這場事件，營造一種吸食鴉片般的奇蹟美夢吧。」

智凡尼姑說完便咯咯笑著離開了，法水則同時站了起來。

「我要去藏經閣看一下。支倉啊，請你傳喚盤得尼姑來，仔細詢問淨善屍體的狀況。」

一小時後，格柵門的聲響再次響起，原來是法水回來了。他用殷切的口吻，對著檢察官以及眼神如野獸般凶狠的盤得尼姑說道：

「住持請放心，智凡尼姑的偏見已經被我破解了。支倉啊，淨善在事發時確實已經身亡。」法水說完，將一本書擺在桌上。「我在您的館藏中，發現了一本很有參考價值的書，就是這本羅普斯・聖約翰撰寫的《威比地區野獵記》。」

「這本書怎麼了嗎？」

「書裡有這麼一段記載——我在湖畔狩獵時，請當地土著趁著天未明，替我獵羚羊當早餐。土著用塗抹箭毒的箭射死一隻羚羊後，將牠扔在關獵狗的柵欄處，那隻渾身僵硬、奄奄一息的羚羊，瞳孔突然晃動了一下，流露出恐懼的神色——支倉啊，淨善就跟這隻羚羊一樣，一開始先是被塗抹微量箭毒的箭針攻擊，接著便運動神經麻痺、動彈不得，只能眼睜睜地看著恐怖的殺人事件上演後斷氣。」

「你又在開玩笑了。」檢察官趁機報一箭之仇：「她身上並沒有任何刺傷。」

「傷口藏在她後頸的短髮中。」法水說著打開手掌，掌心有一根約四寸長、做工精巧的髮針。「你知道我是怎麼發現這個的嗎？普光說她聽到笙樂響起後，屋裡發出了奇怪的聲響。先是有兩次踩踏地板般『咚』的腳步聲，接著在第二聲『咚』結束後，又立刻響起了『嗡』聲。假設有人把太鼓兩側的皮從內部收緊，讓鼓面完全無法震動後敲鼓，並在敲第二下時放鬆鼓面，那麼隨敲擊凹陷的鼓面就會因震動而發出這樣的聲音。果然不出我所料，調查火焰太鼓後，我發現了三個針孔大小的洞，其中兩個是用線從兩側收緊鼓皮所留下的痕跡，剩下一個則是兇手在第二次擊鼓時把線切斷，讓兩側的皮恢復原狀，利用鼓面的反作用力，讓簡易的鐵絲弩機發射髮針後所留下的。」

這麼一來，淨善之死在時間上的矛盾就一掃而空了。法水再度對盤得尼姑說道：

「總之，既然找到了這根髮針，您的嫌疑基本上已經解除了。換言之，淨善目擊到的人影正是吹完笙的兇手，這表示兇手當時躲在三樓，那麼他又要如何逃離這間夢殿呢？畢竟這可是一間密室啊。」

「那當然是孔雀明王的神蹟囉？」盤得尼姑立刻挑眉，堅稱這是菩薩的神蹟。

法水一聽，報以冷笑：

「您可別誤會了，剛才我只證明了智凡尼姑推理錯誤，您的嫌疑並不大。但解決了一個謬說，不代表真相已經水落石出。何況其他三人在當時也沒有確切的不在場證明，等我先解開密室之謎，再來好好剖析妳們四人吧。」

盤得尼姑離開後，法水從口袋掏出一張紙，上面寫著：

黃色斑點中的紅黑色蝙蝠——盤得尼姑
暗褐色的葫蘆——寂蓮尼姑
漆黑的英法海峽地圖——智凡尼姑

普光尼姑則無對應的字句。

「哦，原來是心理測驗。」檢察官連問都沒問便說道，他知道法水一定會憑著這張字條瘋狂抽絲剝繭。

「嗯，推摩居士白衣右邊的袖子上，不是有一道葫蘆狀的血跡嗎？我記錄的就是她們對這道血跡的印象。從這些形容，就能推算出令她們印象最深刻當下是幾點，以及她們站在什麼位置。盤得尼姑是在下樓時，正面迎著陽光所看到的。寂蓮與智凡是從側面看的，但因為陽光位置不同，所以映照出來的顏色也有差異。不過，這張字條究竟會產生什麼結論，我現在也還不敢肯定。但我光是為了蒐集這些訊息，可是煞費苦心，甚至還答應了寂蓮尼姑，不解剖推摩居士的屍體呢。」

吸血菩薩的真面目

三天後，法水與檢察官再度趕赴寂光庵。在那之前，他們得知了一個消息，那就是寂蓮尼姑深信推摩居士只是瑜伽式假死，所以一直在存放推摩居士屍體的地窖悲傷地凝望著他，聽說她不吃也不睡，實在令人毛骨悚然。兩人抵達寂光庵時，庵裡正處於暴風雨前的寧靜，法水立刻傳喚了普光尼姑，卻在普光前來後，隨帶路的尼姑離開審問室，過了好一會兒才回來。

「我想請妳回憶一下當時從傳聲管聽到的聲音。不過在那之前，我想先談談犯人到底是用什麼方法從密室逃脫的。」

法水究竟是何時解開了密室之謎呢？他所說的兇手的魔術又是什麼呢？

「我之所以能釐清兇手的手法，是受到擁有數張臉與數隻手的多面多臂佛啟發。如各位所知，夢殿一樓的正面，掛著一幅幾乎等身大的十一面千手觀音畫像。事件當天四點半左右，我從那幅畫上發現了一個現象。當時兩旁的窗櫺正好映照在木門的黑漆上，當格柵門一開，正面的千手觀音畫像便神奇地動了起來。這是因為一開始我先看到了映在木門上的窗櫺影子，接著又看到格柵門木條上鑲嵌的窗櫺紙。換句話說，窗櫺的殘像被夾在木條之間——此時推開格柵門，實像就會與殘像交錯，產生頻閃現象[12]（在圓筒上鑿出一排直孔，讓圓筒旋轉，裡面的畫就會像電影一樣動起來）。各位可能會以為，這個現象在格柵門離開視線時便會消失，其實影像還會殘留一陣子，因為視覺會保留殘像，看起來就像畫面仍

譯註12　即光柵動畫。

舊在動。於是我眼前的十一面千手觀音畫像頓時栩栩如生，祂高舉過肩的七條手臂，與垂在腰際的四條手臂引發了錯視，變成左右各有一條手臂不斷揮舞。也就是說，與殘像排列相吻合的直線在目擊者眼中像在移動，導致畫像全身的線條與紋理也陰森地動了起來。當我察覺這件事時，我便想到這應該是解開密室的關鍵。但事發時與我目睹的情況正好相反，當時陽光並未照在窗櫺上，所以兇手必須尋找新的『濾鏡』，只要成功讓畫面動起來，就能把身穿白衣的人藏在眩影裡——而二樓淨善的屍體，正好起到了這個不可思議的作用。」

「你說什麼？」檢察官不禁大叫。

「支倉啊，就是我說的那樣。那具屍體——不，那具無法移動的活體，產生了自轉現象。你應該還記得，淨善四肢上綑綁的痕跡位置都很奇怪吧，為什麼兇手要綁那些地方呢？因為當一個人非常激動時，只要將他的四肢捆起來阻礙血液循環，被捆住的地方就會特別僵硬。同樣的例子也在監獄醫院的報告出現過，當執行死刑前瀕臨瘋狂的犯人手腕一旦被綑綁起來，每根手指就會僵硬地張開。兇手用詭異的手法勒住淨善之前，也是先將她的手腳綑綁起來，更仔細地說，是將她的雙膝與雙肘抬高，在手臂上胳膊的地方，以及大腿膝蓋骨往上一點的地方緊緊打上繩結，再把右膝與左臂、右臂與左膝綁在一起，然後將兩邊的繩子拉到中間打死結，這樣淨善的模樣就會變得跟替身猿[13]一樣方便轉動。像這樣綁一回兒，四肢就會逐漸僵硬，又因為關節伸展的方向不同，所以兩邊的繩子會朝著反方向扭轉，導致淨善的身體開始轉動。當她的手腳極度僵硬到關節都打直，身體就會因為加速度而像陀螺一樣高速旋轉。此時從格子小窗照進來的唯一光源中，就會有個像放映機濾鏡一樣不停旋轉的東西——那就是淨善。這樣便能讓目擊者產生千手觀音動起來的錯覺，以混淆視聽。事實上，當

譯註13　奈良人掛在屋簷下的紅色猴子布娃娃，手腳集中於一點，可用來消災解厄。

時兇手正站在畫像前，她刻意打扮得極其樸素，讓觀音服裝的線條與自己吻合。在那之前，兇手先讓淨善旋轉，並在轉速達到最高時，把繩子鬆開——由於加速度的影響，淨善並不會立刻停止旋轉，接著兇手便算準接近吹笙的時刻才下樓。當智凡尼姑進入夢殿時，她看見了千手觀音畫像在詭異地揮動雙手，但她對這個現象早已司空見慣，因此腦中產生了盲點而沒有注意到兇手，便誤以為當時樓下空無一人。下一瞬間，她發現樓上有晃動的人影，但她只是從斜下方往格子小窗匆匆一瞥，人影固然稀奇，卻只是一閃即逝，所以她並未立刻衝上樓確認，因為她發現了一旁推摩居士的模樣不對勁。由此可見，兇手之所以把推摩居士從二樓搬到樓梯口，是為了引起目擊者注意，以免濾鏡的真面目曝光。就這樣，兇手運用精密的機關引發錯視，再趁著智凡尼姑上二樓的空檔，從半掩的格柵門脫逃……那麼，剩下的謎題就是笙如何響起了。躲在一樓的兇手，當然無法吹響擺在二樓的笙，但若二樓實際上有人，就代表密室之中還有另一個密室。」

「嗯，淨善的姿勢之所以改變，是因為她原本被刻意綑綁而四肢僵硬，等到斷氣後，身體自然就鬆開了。可是，就算這個謎題解開了……」就在檢察官回應法水時，外頭突然劈下一道刀刃般的藍白光，接著開始打雷。厭惡雷聲的法水，臉色微微一變，顯得更加蒼白，他猛然轉向普光尼姑。

「差不多該下結論了，不過在那之前，我想聊一聊前幾天我私下為諸位師父做的心理測驗結果。這份測驗記錄了每個人對推摩居士白衣上葫蘆狀血跡的印象，然而只有妳回答不知道。血跡的形狀如此怪異，妳卻佯稱不知，令我感到很可疑，於是我立刻分析，發現我和妳的目的截然不同，換句話說，妳完全陷入了我設的陷阱裡。其實我做這份心理測驗，真正要打探的目標並非葫蘆狀血跡，而是智凡尼姑所說的英法海峽地圖，與下面血跡之間所夾的溝。妳佯稱不知，是因為那道溝呈U字型，普光師父啊，聯想力是一種極其正確的精神化學，若兩道傳聲管相通，自然就會形成U形管，而U形管又會產生諸多現象，比如說，在一根U形管的入口安插一支音叉，並在旁邊設置會造成空氣激烈流動的裝置，那麼區區雜音就會震動管中的氣流，變成另一種聲音從二樓的孔傳出——至於那變成了什麼聲音，想必妳一清二楚。不，我根本沒有必要在這裡一一解釋妳如何製造出笙樂的海市蜃樓，因為妳早就不打自招了。」

原本法水以為這一連串推理以及巧妙的誘導，會讓普光尼姑當場招認，不料她的態度竟變得更加強硬，甚至板著臉孔站起來說：

「隨你怎麼胡謅。假設你真要把我當作兇手，就請你提出證據，證明這並非菩薩親手犯下的罪孽。如今孔雀明王留下的吸血痕跡之謎尚未解開，你就要我為了你的自尊心而犧牲，不覺得太得寸進尺了嗎？比起你的推理，寂蓮期盼推摩居士復活，或許還更可信些，畢竟在這大熱天裡，推摩居士的屍體竟然一點也沒腐敗。」

法水的努力終究徒勞無功，才剛解開樓下的密室，不料二樓又新增了一個密室。但法水並未氣餒，當天他不再與任何人見面，而是窩進藏經閣裡，之後便在雷雨交加中離開了寂光庵。五天之後，法水邀請檢察官前來他的府邸，他滿臉憔悴卻帶著一抹得意笑容說：

「支倉啊，我真是一台思考機器，只要窩在書房裡，靈感就會源源不絕。我終於解開孔雀明王的四手之謎了，這可不是天外飛來一筆的奇想，而是從淨善尼姑不可思議的旋轉推理而來的。」

接下來法水的分析，逐一瓦解了兇手建構的大伽藍[14]。而夢殿殺人事件的全貌，終於完整地攤在陽光下。

「我想，不論是你還是其他人來查這樁案子，最後都會走進死胡同吧。當我

譯註14　寺廟的大型建築物，象徵兇手布置的謎團。

推理出淨善尼姑奇妙的自轉現象後，我就一直在思考，飛散的金箔應該與離心力有關。於是我想到了那四面金幡，但它們那麼輕，即使旋轉起來，力量也不會大到能甩掉金箔，我只好放棄這個可行性最高的手法，不再朝金幡上聯想。可是，若讓金幡膨脹、增加重量，結果就不一樣了。」

「什麼，膨脹和增加重量！」檢察官一頭霧水地喊道。

「嗯，就是這麼回事，支倉。兇手駭人的智慧就藏在這個假設裡。總之，我先按照順序慢慢解釋犯罪手法吧。案發前夕，由於大家都提不出確切的不在場證明，因此兇手是否已埋伏在夢殿中並無定論，但反過來說，這也代表兇手極有可能就在裡面。那麼兇手到底躲藏在哪裡呢？當時夢殿裡只有一盞煤油鐘，四周昏暗無比，所以兇手自然有很多地方可躲。當兇手確定淨善昏倒且推摩居士發作以後，便將四面金幡圍成方形，讓突出的觀音刺繡指尖朝內，然後把一整串金幡吊掛在三樓凸出的地板下方。接著再把畫中的孔雀明王誘導到推摩居士面前……然後啊，支倉，那尊神通自在的孔雀坐騎便下了樓，飛撲到陷入癮病幻想的推摩居士面前。」

法水說完，用眼角餘光瞄了一下啞口無言的檢察官，接著起身從書架拿了一本報告擺在桌上，繼續道：

「孔雀當然不可能從畫中走出來，我之所以會說孔雀明王出現，是因為推摩居士的行走方式非常獨特。你應該知道，刺激癮病麻痺患者的手腳，會讓患者做出匪夷所思的動作吧。在那之前，我想先向你解釋何謂體重負擔性殘障——更進一步來說，我希望你能了解裝了義肢的腳，是用哪個部位像腳掌一樣在承擔體重。好了，那麼推摩居士的這個部位在哪呢？只要看看他的義肢就會明白了，他並不是用延伸到腓骨中段的兩根木杵尖端在支撐體重，而是用膝蓋骨下方、腓骨的最頂端，至於下方的木杵只是輕輕卡在義肢裡罷了。這個等同腳掌的部位事關重大，而兇手正是刺激了這裡。想當然耳，當推摩居士神智清醒時，他自然會用膝蓋骨帶動義肢來行走，可是一旦癮病發作，就會基於長久以來的習慣，直接用承擔體重的腓骨最頂端來踩踏地板，因為他把那裡當作腳掌來行走。我猜他走路的模樣，肯定重心不穩，東倒西歪的吧。然而對於拿掉義肢的推摩居士而言，這才是最自然的狀態。久而久之，推摩居士的腳就會因為不易吸收營養而日漸羸弱，當這個部位萎縮成菱形，再加上前面的三角形骨頭前端，以及後面的膝蓋骨下緣，形狀就會變成顛倒的孔雀腳，導致他離開拜墊時的足跡，就像孔雀從前方走來一樣。

「這樣啊。」檢察官頻頻擦汗。

「可是為什麼推摩居士要上三樓呢？」

法水翻開桌上的報告，指著某一頁推到檢察官面前。

「支倉啊，你應該知道癮病患者的五官中，哪一項會延續最久吧？答案是視覺。尤其紅色，即使患者發病後眼盲，仍然看得見些微的紅色，很多巫術就是靠著這種特性在裝神弄鬼。現在我手邊正好有份文獻能佐證，我念給你聽吧——

（一九一六年十月，騎兵聯隊軍醫漢斯・修塔拉於梅茲預備醫院所撰寫的報告）

我的實驗是從癔病患者出現顫抖症狀後開始的。首先我拿出了圓桶狀的色板，從紫色開始慢慢旋轉，最後轉到紅色時，患者突然站了起來，凝視著紅色並走到色板前。於是我想到了一個新實驗。我在患者面前舉起一塊紅布，於走道兩側牆面擺上槍枝，接著引導他往前走，果不其然，他身上出現了一個有趣的現象，每當我把紅布挪向牆壁時，他也會跟著轉過去，身體不斷向牆面靠攏，可是一碰觸到槍枝，他便立刻後退，接著一動也不動。經過反覆實現，我證實了這個現象並非偶然，換言之，患者發病時全身會浮現出許多敏感的穴位，當這些穴位一碰觸到槍枝，身體便會扭動倒彈。」

法水讀完後，將椅子往前拉，緩緩點了根菸，繼續說：

「所以啊，支倉，現在有兩個關鍵道具，一個是把推摩居士引誘到三樓的東西，另一個則是在傷口上留下梵文形狀的凶器。當然，兇手八成是用紅色的光源把推摩居士引誘上去的，接著，推摩居士就踩空摔進了掛在三樓階梯口凸出的地板下、圍成四方形的四面金幡裡。而兇手早就在觀音刺繡的指尖安裝了伸縮自如的鉤狀凶器，可是凶器卻當場消失了……總之，我先說明梵文傷口是如何形成的吧——一言以蔽之，就是他先碰到了一對鉤子，而鉤子刺進了腰部，等到鉤子把肌肉割開，令他再度下墜時，另一對沒有碰傷他的鉤子便接著刺進雙臂。雖然這很令人難以置信，但推摩居士一定有轉動過，才會留下梵文的傷口。有趣的是，他並非外力介入才轉動，而是自轉的，因為他身上浮現了許多敏感的穴位。一開始刺進腰部的兩根鉤子先是因為體重的壓力而往上割開了肌肉，接著左右其中一根又碰到了穴位，每碰一下，身體便扭動倒彈，導致鉤子碰巧割出梵文形狀的傷口，且左右分毫不差、完全相符。換句話說，推摩居士的自轉，正好發揮了捏陶轉盤的作用，最後當肌肉被割斷，身體失去支撐的力量時——推摩居士便隨著自

「那麼傷口的兩端為什麼會呈不規則狀呢？」

「支倉啊，你應該知道有些材質硬度雖高，卻會被血液這類弱鹼性的液體侵蝕吧？假設鉤子是用烏賊殼之類的有機石灰製成的，那麼鉤子就會在血液中溶化，等到再拔出來時，便凝結成觀音刺繡堅硬的指尖了。而駭人的吸血工具，就藏在變形的指尖裡。」法水的推理終於來到最關鍵的地方了，聽聞真相的檢察官則瞠目結舌地愣在那兒。為什麼當時他沒想到把任何一張曼陀羅切開呢？

「其實最複雜的事物往往最簡單，那四面曼陀羅是用一種叫毬華葛的植物莖編織而成的，西迪的咒術之所以能把馬來人唬得一愣一愣，就是因為巧妙運用了這種莖與絲狀植物鐵絲般的根。這種莖裡有一種海綿狀纖維，能把血液或任何液體吸收殆盡，而這些曼陀羅又是以數千根莖扎扎實實編成的，毫無接縫，因此就連最後一寸，也就是觀音刺繡的指頭都能吸光推摩居士的血液。正是這種吸血現

161

象，導致流到地上的血那麼少。支倉啊，聽到這裡，你應該也想起了我提過的金幡膨脹、變重的概念吧。其實，勒住淨善尼姑的四隻手，就藏在金幡裡。吸飽血的曼陀羅莖桿會噁心地膨脹起來，想必不必我說你也知道。從樓梯上沒有血跡，以及推摩居士被挪到樓梯口來看，金幡總長恐怕增加了五分之一以上。這代表淨善當時正好被加重的玉幡下襬壓住了喉嚨，再加上她正在猛烈自轉，最後頸椎就脫臼了。接著，兇手做了什麼呢？她將吊金幡的繩子其中一邊，拉到樓梯上層的牆壁，挪動膨脹後團團包圍推摩居士的金幡，隨後解開將金幡綁在一起的繩索，再將兩側的繩子緩緩放下，這麼一來，吊金幡的繩子就回到了原本的位置，接著兇手再把金幡下襬疊成兩排，將四面幡壓在淨善的喉嚨上。此時莖桿中的血液已經逐漸消失了，因為兇手為了避免自己的衣服沾到血跡，而事先打開了小窗，讓灼熱的陽光照進來。支倉啊，血液成分百分之九十以上都是水，水分蒸發後，金幡的重量自然就恢復到跟以往差不多的程度，而血液減少與金幡收縮的過程，在我們抵達的兩個多小時前便結束了，因此事發時，尼姑們並未察覺金幡膨脹過。之後，兇手便精心設計了金光閃閃的最後一幕。既然淨善在旋轉，那麼當時深深陷入她脖子裡的金幡會如何呢？答案是，因為急速膨脹與收縮，導致表面的金箔脫落，接著又因為強烈的離心力而一口氣飛散出去。旋轉的金幡也影響了樓下的推摩居士，讓他在瀕死時產生錯覺。還記得推摩居士說過『寶珠消失了，孔雀在翱翔』這句話嗎？這聽起來很神祕，實際上只是一種錯視罷了。推摩居士從格子小窗看到了二樓的橢圓形火焰太鼓，但因為金幡的圓孔忽隱忽現，所以誤以為太鼓是孔雀羽毛，當圓孔都消失，或者只出現兩、三個時，就會讓推摩居士產生這種錯覺。」

檢察官光是用聽的就覺得筋疲力盡，他恍恍忽忽地問道：

「那密室呢？你解開密室後，不是出現了第二個嗎？」

「那與其說是第二個密室，不如說兇手是如何讓笙樂自然響起的。」法水精準地糾正。「兇手安裝好笙後，便割落金幡下樓去了。你應該知道酒精溫度計吧？原理是酒精在細管中熱脹冷縮，兇手就是把酒精灌入了笙的吹嘴，再將笙立起來，讓底端曝曬在陽光下，這麼一來，膨脹的酒精就會擠出笙裡的空氣，吹出聲響。被推出吹口的酒精會由竹笙吸收，接著膨脹就會停止，吹嘴裡的酒精高度便跟著下降。當這個過程反覆出現，聽起來就像有人在吹奏笙樂。不久後，酒精便完全揮發了。支倉啊，這樣所有的犯罪過程就水落石出了，兇手不僅完美利用了癮病患者奇特的生理現象，還僅靠一扇小窗，就籌劃出如此縝密的犯罪手法。」

檢察官屏息提出了最後一個疑問。

「那兇手呢？兇手究竟是誰？」

「是寂蓮尼姑。」法水沉著嗓音回答，接著走向窗邊，讓冷風拂過發燙的臉頰。

「還記得那天，寂蓮尼姑提到《大吉義神咒經》裡有一則孔雀吸血的傳說嗎？我去調查後，發現經文裡根本沒有這則傳說，但我卻在藏經閣的圖書索引卡中，發現了一個奇妙的巧合，那就是《威比地區野獵記》與《大吉義神咒經》的圖書編號放反了，而我竟然在聖約翰那本野獵記的一則短文裡，發現了經文中缺乏的孔雀神話。其實那是格拉特士著的傳說，當地人認為孔雀年邁後，舌頭會長出利牙般的角質，不過一旦角質刺進其他生物的皮膚裡接觸到血液，就會忽然脫落——支倉啊，你不覺得這恰好暗示了推摩居士的死法嗎？這表示，寂蓮規劃的一連串詭計，是從只有她知道的放反的圖書編號聯想而來的。至於動機倒是很單純，那就是渴望奇蹟。先是猶大（據說猶大背叛耶穌是為了讓奇蹟重現）、格瑟夫娃（這名俄羅斯女子為了見證奇蹟，企圖暗殺拉斯普丁[15]），接著是寂蓮。這位學識淵博的女尼，一定知道失去水分的屍體會形成木乃伊，但她卻連這點都忘了，只是痴痴地不斷凝視屍體，可見神祕學之恐怖，就連如此博學多聞的人，都

譯註15　俄國尼古拉斯時代的東正教神祕主義者，實際上是個無惡不作的神棍，最後遇刺身亡。

會因為瘋狂的古老信仰而墜入深淵。支倉啊，反正她也看不了多久了，不妨就讓她多待一會兒吧。畢竟推摩居士復活，對她而言是這起悲劇中唯一的希望啊！」

聖阿列克謝寺院的悲劇

那個房間利用禮拜堂圓形天花板與鐘樓地板之間的空隙，形成一個梯形的空間。進門就是一個兩坪大小的木板地房間，還有一座梯子，可以爬到下面的臥室。

序

聖阿列克謝寺院——也就是一般人俗稱的教堂，這座神似尼古拉堂[1]的天主教大聖殿，聳立於雜樹林環繞的東京西郊I丘陵地，與R大學的鐘塔一較高下……。每逢拂曉七點及傍晚四點，總會響徹嘹亮、猶如樂曲的鐘聲，相信各位讀者應該也曾聽過才對。

在故事開始之前，先向各位簡單敘述一下寺院建立的經過吧。一九二〇年十月，遠東白軍將領阿塔曼・阿夫拉莫夫將軍為了永遠紀念羅曼諾夫王朝最後的沙皇太子，於是建了這座規模龐大的蠢宮殿。直到一九二二年十一月為止，這座聖殿在絢爛的主教祭衣及繁瑣儀式的守護之下，度過神聖的兩年，在這段間裡，每當這座聖殿發出機密指令，社會主義共和國的某處，總會出現讓建設中的莫斯科神經緊繃的白色恐怖。然而，事態急轉直下，打從日本自沿海州撤退後，遠東白軍走向沒落之路，轉眼之間，這裡化為白俄[2]窮民的免費居住所，一時之間，逃亡者擠滿整座教堂，曾幾何時，人們三三兩兩地離開日本，現在只剩下看守教堂的拉札瑞夫父女及聖像畫。因此，原本用來通知祈禱的美麗鐘聲，也成為古老的時鐘，偶爾也能在街頭見到老拉札瑞夫乞討微薄捐贈的身影。

就這樣，聖阿列克謝寺院之名，只不過是俄羅斯白軍厄運與失敗的象徵，羅曼諾夫王朝之鷗的政治及軍事命脈全都氣數已盡，曾幾何時，牠巨大的屍體已經頹然傾倒在玫瑰色的圓頂上，然而，就在此時，即將被世人淡忘的餘燼，復又重新燃起雄雄烈焰，在這荒蕪的聖殿裡，發生一起人神共憤的殺人事件。（請讀者參閱下圖，再行閱讀。）

譯註1 東京復活大聖堂，位於東京千代田區的東正教教堂。

譯註2 一九二〇年後，因革命及內戰遷居國外的俄羅斯人。

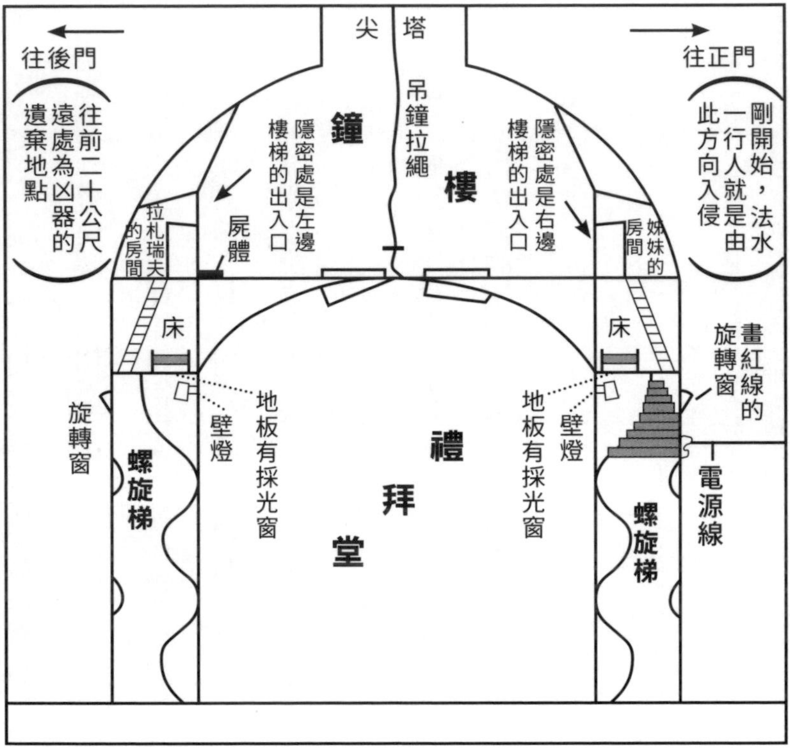
尖塔
往後門
往正門
往前二十公尺遠處為凶器的遺棄地點
剛開始，法水一行人就是由此方向入侵
鐘樓
吊鐘拉繩
隱密處是左邊樓梯的出入口
隱密處是右邊樓梯的出入口
屍體
拉札瑞夫的房間
姊妹的房間
床
床
旋轉窗
畫紅線的旋轉窗
螺旋梯
螺旋梯
壁燈
壁燈
地板有採光窗
地板有採光窗
禮拜堂
電源線

不準時的鐘聲

因深入的推理與超凡想像力，博得奇才美名的前搜查局長，目前是全國首屈一指的刑事律師——法水麟太郎，如果按照往例，他總是等到搜查當局已經束手無策之時才登場，唯獨在這起事件中，他從頭就參與了。這不僅是因為他與好友支倉檢察官都住在聖殿附近，坦白說，還有一個讓人不太舒服的預兆。聖殿的報時鐘已經遭到取締，絕對不會在其他時間響起，卻在天寒地凍的一月二十一日拂曉五點的空氣中，傳來悠揚的振動聲。

儘管只有一、兩分鐘，而且還是非常低沉、陰鬱的響法，不過，那聲音卻偶然傳進起床上廁所的檢察官耳裡。同時，那聲音立刻觸動機智檢查官的神經。這是由於大正十年[3]的白俄人保護請願，其中更有一項條款為「當時，全俄肅反委員會[4]的間諜企圖暗殺白軍巨頭，在他們的計劃中，以不準時的鐘響做為緊急警報」。於是，檢察官立刻打電話給住在附近的法水，兩人約好在聖殿前碰頭。昨天傍晚下起暴風雨夾雪，到了半夜風勢已經趨緩，現在雨已經停了，不過，雪雲依然厚重，遮蔽天際，完全沒有光線。法水走在這樣的天色之中，在正門附近突然撞上一個奇妙的物體。巷子裡突然滾出一個像小人形狀的漆黑物體。法水幾乎下意識地出聲喊：「是誰？」結果那個小人嚇得不敢動彈，好一會兒，只能聽見他急促的呼吸聲，不久，他終於朝這邊走過來。首先，法水先看到一個身高莫約三尺五寸[5]的小孩，意外的是，對方下一秒以低沉的聲音吼叫：

「嘿，我是亞羅夫．阿布拉莫維奇．盧金。」

是俄羅斯人……，他用非常穩重又流利的日文說：

「我的藝名是一寸法師馬西科夫，是寄席[6]的特技演員。」

「哦哦，侏儒馬西科夫？」

法水曾經在舞台上看過他。印象最深刻的就是他的上半身發達到近乎畸形的程度，宛如舉重選手，頭跟手腳掌都大得不成比例，肩膀一帶的肌肉隆起，有好幾處猶如駱駝背瘤的小圓丘。年紀大約三十七、八，有一張氣色良好、髮際已經開始後退，像賈維爾[7]的圓臉，第一眼印象像個溫和的商人，唯獨眼睛是細長狀，像矛頭一般尖銳。

這時，檢察官看到兩人，走了過來，突然在兩人背後出聲。

譯註3 西元一九二一年。
譯註4 全俄肅清反革命及怠工非常委員會，通稱契卡，是蘇聯的祕密警察組織。
譯註5 約一百零五公分。
譯註6 表演相聲等傳統技藝的表演場所。
譯註7 小說《悲慘世界》中的警探。

「你為什麼在這種時間，在這個地方鬼混呢？我是地方法院的檢察官。」

「老實說，有人對我做了罪孽深重的惡作劇啊。」

儘管盧金嚇了一跳，吃驚地轉身，倒是非常平靜地回答：

「我誓死向沙皇效忠，才會不小心誤信假的電報，害我那值得憐惜的洞房花燭夜都泡湯了。」

檢察官似乎有幾分興趣地反問：

「洞房花燭夜？」

「對啊，我這畸形的新娘，就是看守教堂的拉札瑞夫的大女兒琪奈達。我們當然沒有舉辦結婚典禮，不過，我們正要開始我們的新婚夜了。大概是十一點左右吧，實在是很諷刺，同志突然發了一封電報給我，說是要我在兩點前去豪德寺車站附近的腦科醫院後門。不過，比起寢室的歡愉，我還是比較害怕同志的懲罰。於是我心不甘情不願地出門了。」

檢察官質疑地說：

「你的同志是誰？」

「是新的白軍政黨。我負責線報工作，因為我的身材具有先天的隱形優勢。這種事當面說也沒關係哦。」

盧金傲氣十足、充滿志士氣概地抬頭挺胸。

「畢竟我獲得國家的大力援助嘛。我只怕GPU[8]那種間諜網。」

「原來如此，山中無老虎，猴子稱大王，對吧？」

法水諷刺地微笑，盧金露出有點不悅的表情，又接著說：

「結果怎麼了呢？我被雨夾雪淋了兩個多小時，腦科醫院後門根本連個人影都沒有。這時，我才發現那封電報一定是壞人幹的好事，嫉妒我的幸福。除了走

譯註8　國家政治保衛局，蘇俄一九二二至一九三四年的祕密警察組織。

路回家，我也沒有其他法子了。」

法水用窮追猛打的語氣說：

「可是，你明明應該很累，方才不是還像顆砲彈似的，急速跳到我的面前嗎？」

「因為我聽見鐘聲了。不準時的鐘聲就是我們這群同志的緊急警報。」

盧金的身體緊繃，情緒也相當焦慮，聲音不自覺地顫抖著。

「才響幾聲就停了，想到鐘聲那麼微弱，我總覺得是有人從旁硬是阻止了拉鐘繩的動作。也就是說，應該不是在通知什麼已經發生的事故，而是在緊急時刻發出的求救信號吧。而且，還在事件之前，發假電報把我騙出門。」

「走吧。」

檢察官忍不住大叫。

「原來如此，烏鴉跟老鷹可沒辦法敲鐘呢。」

不可思議的侏儒盧金，讓法水一改自己過去沒把鐘聲看在眼裡的觀念。同時，他覺得自己似乎一腳踩進淒慘的氛圍之中……假如鐘聲與一寸法師的出現並非偶然，就因果關係的結論來說，一定有什麼東西留在聖殿，不管它以什麼形式存在。結凍的地面被他們踩碎，裂成碎片，底下的雪水毫不留情地濺起來。不久，被幾百道宛如薄荷糖的冰柱裝飾的教堂全景，朦朦朧朧地浮現於黑暗之中。

旋轉出入口的門把，發現門是鎖上的，於是盧金仰頭對檢察官說：

「請你拉一下吊在那裡的繩子。拉了之後，父女的房間都會聽見門鈴聲。」

然而，儘管檢察官拚命拉響門鈴，裡面卻沒人來應門。就連站在門外的他們，都能清楚聽見裡面傳來的鈴聲……，他們等著，「快來了吧？快來了吧？」時間只是無情地流逝。

「看來出大事了。」

檢察官咬牙切齒地鬆開拉繩子的手，把一串備用鑰匙交給法水。試到第七把，終於試中了，門打開了。

法水小心謹慎地攔下正要快速衝上樓梯的兩人，先叫檢察官到剛才走進來的入口門邊看守，自己則陪盧金調查樓下的各個房間。已經多時，無人整理的禮拜堂，猶如廢墟的景色。在圓形天花板之下，只有莫約十張聖像畫，根本見不著任何一件絢爛的金色天主教聖器，甚至還能在各處看見裝飾的金箔被人剝除的痕跡。看完廁所跟臨時打造的廚房後，法水結束調查，別說是人影了，他們也沒發現可疑的地方。

回到檢察官看守的門邊，法水沿著前往鐘樓左側的樓梯往上走，檢察官與盧金則走右側的樓梯。

「我實在是想不通。」

在緩緩往上的蜿蜒樓梯半路的牆上，看到一盞沒熄滅的壁燈，盧金說：

「站在屋外看的時候，有一扇明亮的窗戶吧？就是從這扇旋轉窗透出去的，這盞壁燈的光線。竟然沒熄掉……，拉札瑞夫是個小氣鬼，除非他瘋了，不然不會讓這種事情發生。」

這時，檢察官拉拉盧金的袖子，不發一語地指了指天花板。天花板開了一個照明用的玻璃窗，身材高大的檢察官看見那裡有兩名女子靜止不動的赤裸雙腳。兩人好像並排坐在床上。盧金往上跳了兩、三階：

「啊，影子動了。看來姊妹倆沒事。真是的，嚇死人了。說不定鐘聲也是為了什麼無聊的原因吧。」

「就算是這樣，她們明明醒著，剛才為什麼不應門呢？」

檢察官還是覺得不合理，正小聲嘟囔著，盧金突然露出困惑的表情，沒有回答。

鐘樓一片漆黑。外頭凍人的寒意，有如厚重的霧氣，從上方往下壓過來。在圓形的紅光裡，木頭牆板持續不斷地出現在兩人遙遠的前方，法水手上的手電筒一直不斷旋轉，幾乎讓人眼花撩亂。當光線終於集中於一點時，盧金慘叫一聲，快速跑過去。在半開的門間，纖瘦高大的白髮老翁彎著身體趴在地上，下巴埋在血泊之中。

「啊，拉札瑞夫！」

盧金雙膝一軟，跪了下來，在胸前比劃十字。

「克里斯汀．伊沙可維奇．拉札瑞夫他……」

發現屍體

「斷氣了嗎？」

檢察官單膝跪下時，法水已經鬆開屍體的左手，

「嗯，咽喉是致命傷。凶器不在屍體附近，顯然是他殺。再加上，在這樣的

低溫之中，身體還有餘溫，表示死後僵硬才剛開始。死亡時間大概是四點前後，不過，鐘聲卻在一個小時之後響了。」

說著，他又問盧金：

「喂，電燈開關在哪裡？」

「沒有，鐘樓沒有安裝電燈。還有，姊妹好像沒有生命危險的樣子。」

「她們還醒著，這才是奇妙的地方。」

檢察官插話。

「聽到電鈴聲卻沒回應，說不定姊妹已經知道這起事件，想要把我們誤導到奇怪的方向吧。」

「這件事沒什麼大不了。不過，沒有電燈的話，只能等到天色全亮了。」

法水氣定神閒地說著，卻迅速拜託檢察官準備，最後還附加一個要求，除了警察醫[9]及本廳[10]的人員之外，希望不要讓外人進出。

兩人一直在黑暗之中，隔著屍體，保持沉默，直到三十分鐘後，檢察官陪警察醫上樓為止。只有隱約聽見盧金的低語。

「一定是瓦西連科吧。那傢伙還真可憐。」

正當法水打算開口問的時候，傳來有人爬上樓梯的腳步聲。這時，塔的上方已經迎向黎明，鐘群的輪廓朦朦朧朧地浮了出來。

「上面的小鐘比較暗，看不清楚，只能看見下面的兩座大鐘。」

法水完全不關心正在驗屍的警察醫，抬頭自言自語地說：

「從地面到圓頂的距離大約五公尺吧，到鐘的距離也差不多吧。」

「沒錯。」

盧金附和道：

「鐘全都藏在尖塔頂端的凸洞裡，從尖塔的窗戶，只能隱約看見大鐘的底部，不管風勢多麼猛烈，鐘本身還是文風不動。兩座大鐘的上方有八口小鐘，拉繩子的時候，小鐘會先響起，接下來才會牽動大鐘。還有支撐鐘橫軸的鐵棒一直延伸到最高處，形成一個巨大的十字架哦。」

法水試著拉了下繩子。鐘的重量大約要雙手才能勉強拉動，盧金說得沒錯，剛開始先發出小鐘明亮、宛如玻璃般的音色，接下來則交雜著莊嚴的大鐘。於是他得知鐘響的順序來自不變的機械裝置，兩座大鐘分別往反方向交互振動。又過了一會兒，已經可以慢慢看見吐氣的白色煙霧，這時他才看見盧金的服裝。從帽子、外套到長褲全都是塗布橡膠的防水衣物，而且他全身濕答答的。

警察醫終於開始報告。

譯註9　協助警方辦案的醫生。
譯註10　指警視廳。

「死後大約兩個半小時吧。凶器是西式匕首。傷口位於環狀軟骨的左邊兩公分處，刀子先筆直戳進去，再往斜上方刺，所以刀刃呈水平狀貫穿氣管。傷口深達第二節頸椎。」

法水一一點頭，同時低頭凝視屍體不自然的姿態。屍體在睡衣上披著褐色外套，腰部則呈奇妙的拱起，在蹲踞的狀態下，上半身往前趴，雙手則像水牛角一般，往前方延伸，手指全部都彎曲呈勾狀。流淌的鮮血在傷口下方猶如一灘湖水。不過，僅有微量血液飛濺到附近的地面及門的內側，並沒有凌亂的地方。由此可以明確證實，別說是格鬥的痕跡了，屍體遭到刺傷後，根本不曾移動，雙手的指尖更能進一步佐證，因為手指上沒有任何按壓過傷口的血跡……同時，除了這一處，鐘樓完全找不到任何附著的血跡，搜尋凶器的檢察官也雙手空空地回來了。

「太不合理了。切斷氣管應該不可能像被雷劈那樣立刻死亡啊。」

法水呢喃著，使勁揪起屍體的頭髮。

「看看傷口吧。過去還沒有人用這種方向，以短劍殺人呢。而且兇手沉著巧妙地避開頸動脈，只刺了一刀哦。再說，看看這腰部奇妙的拱起，兇手到底是用什麼姿勢下刀的呢？完全搞不懂呢……。還有，儘管屍體的臉部表情在無情的痛苦折磨下猙獰扭曲，即使只有十幾秒，也沒在地面留下輾轉反側的痕跡。手腳白然應該都有痙攣，卻沒有留下明確的跡象。支倉，你有什麼看法？」

檢察官無法回答，不過，在法水一一指出屍體的難解之處時，他已經感到這起事件隱藏著深奧的祕密。接著，法水又把視線移到屍體的雙臂，交互抓握兩條手臂，好像在比較些什麼，接下來，他又仔細調查雙眼，低聲說：

「有點狀出血哦。」

他又把屍體翻成仰躺。在他的大腿一帶（差不多是距離門檻一寸的地方）發現黃銅製的手持燭台。那是一個直徑約五寸的缽型燭台，鑄鐵的固定處宛如火山口，留下宛如火山的堆狀殘燭。應該可以固定百目蠟燭[11]的粗鑄鐵芯，已經燻成漆黑，筆直地從裡面伸出來，燒完的燭芯躺在底下。不過，調查手持燭台附近的衣物，根本找不到燒焦的痕跡，更別說是呈水平狀突出的鐵芯痕跡了。從地板到手持燭台底下，都有微量濺血，可以明確得知燭台並不是死後才插進去的。

放下手持燭台後，法水的眼神再度移向屍體的雙手，所以檢察官也不得不開口問了。

「怎麼了？你還沒放棄啊？」

「嗯，你看，左手腕往內彎對吧？你馬上就會知道，為什麼這一點很重要了。」

接著，法水望向盧金。

「你還記得你昨夜出門的時候，這根蠟燭還有多長嗎？」

「對了，差不多燒到一半吧。不過，後來可能被拉札瑞夫拿去用了。」

法水露出困惑的表情，不過他立刻把衣物脫掉，開始調查屍體全身。只洩出少許屎尿，別說是外傷了，連輕微的皮下出血都沒有。肚子上的腰帶高高鼓起，看來像是鈔票的形狀。

「就是這個。」

盧金憤憤不平地說：

「這是拉札瑞夫唯一的興趣哦。這傢伙是個守財奴。所以才會這麼可憐啊。連電費都要斤斤計較，兩個姊妹只能用微弱的油燈來照明，而且，只要她們點得稍微久一點，這傢伙就會大發雷霆。」

驗屍完畢之後，法水進入拉札瑞夫的房間。那個房間利用禮拜堂圓形天花板與鐘樓地板之間的空隙，形成一個梯形的空間。進門就是一個兩坪大小的木板地

譯註11 重量百目的蠟燭，約三百七十五公克。

房間，還有一座梯子，可以爬到下面的臥室。那裡的地板跟之前在姊妹房間看到的一樣，有一面採光窗，上面以大網格的粗鐵絲網覆蓋。房間真是一種奇妙的構造，而且從室外完全無法想像到這個房間的存在，看來這大概是以前白俄移民氣勢正盛的時候，拿來當什麼祕密用途的吧。不過，房裡十分整齊，結果法水什麼也沒碰。

接下來前往對面的女兒房間，他在路上發現一件事。中央的地板，也就是禮拜堂圓頂的位置，有兩個地方的彩色玻璃採光窗是開啟的，鐘的拉繩垂到這裡，雖然只有一點點，卻散布著剝落的凝血碎片。不過，法水只瞄了一眼，就懷疑地望著拉繩底下約三尺的地方。那裡還夾著瓦斯短管，不久，他瞄到下方有某個東西，便迅速收進口袋裡，接著邁開大步往前走。姊妹的房間有門鎖，而且鑰匙還插在鑰匙孔裡。

「雖然鑰匙上沒有，」

說著，檢察官指著飛散於門前方地板的血粉。

「看來，兇手用沒擦乾淨的手，做了一些複雜的動作呢。」

這時傳來吵吵鬧鬧的腳步聲，身材肥胖的搜查局長熊城卓吉，率領包含外事課員[12]在內的各職責員警來了。法水興奮地大叫：

「嗨，警告大師！」

不過，熊城的苦笑消失了一半，像是失了魂似地盯著一旁的盧金，好不容易才聽完法水的說明，裝模作樣地誇張點點頭，說：

「原來如此，看來不過是純粹為了怨恨而殺人吧。從犯案手法顯現的特徵，也能得知兇手是力氣相當大的男性，看來是相符的。」

接著，他立刻命令下屬對建築物內部進行調查，不久，率領堂外一隊人馬的

譯註12 專門負責外國諜報組織等國際事務的警察。

督察長，非常亢奮地回來了。

「老實說，情況十分詭異。除了你們三個最早進來的人之外，沒有看見其他的足跡。昨天夜裡的雨夾雪兩點左右停了，只要有足跡留在結凍的雨夾雪上，就算不是我們，連小孩都看得出來。還有，凶器落在距離教堂後門二十公尺遠的地方，戳破掉在地上的風箏。」

說著，督察長遞上一把匕首。從銅製的刀鍔到刀柄，都有點點血跡，形狀像烏賊頭部的刀刃，似乎已經被人清洗過了。他們立刻從盧金口中得知，這是拉札瑞夫的所有物，平常都放在門後的架子上。風箏看來比較新，畫著帥氣的惡鬼，線上纏著開瓶器。

「該不會是穿了墨丘利[13]的鞋子吧？」

法水沒露出動搖的神色，其他兩個人也受到漠然的暗示，他們相信，在鐘樓之中，一定能用鑑識來證明，解開不留足跡的逃脫路線，以及令人匪夷所思的凶器遺落地點。因此，熊城只擺了個臉色給狼狽的屬下看，旋即催促法水偵訊那對姊妹。

打開門之後，他們看見房間的構造，與拉札瑞夫的房間完全一致。這時，妹妹伊莉亞踩著梯子正要下樓，她驚訝地回頭，看到督察長的制服後，立刻放鬆她緊張的情緒。她的身高近六尺，身材豐腴，完全符合亞馬遜[14]這個形容詞。看到她沒有直線與稜角的和平圓臉，個性應該是天真單純吧，不過，有些角度會在她臉上投注深刻的陰影，感受到她積極的意志與周詳的思慮。她以宛如男子般渾厚的聲音，呼喚她的姊姊，絲毫不見一絲動搖。

姊姊琪奈達以布塊遮掩床下的夜壺之後，再慢條斯理地爬上來，她看來莫約

譯註13 羅馬神話中，為眾神傳遞訊息的使者。
譯註14 希臘神話中，一個全由女戰士構成的民族。

二十七、八歲，有著神聖又莊嚴的美貌，即使身穿粗衣，仍然能讓人想到聖碧翠絲的面容。她的容貌不只傾訴著高度的思考能力與智慧，整個人的感覺與妹妹渾然不同，非常複雜，在不可侵犯的莊嚴之中，也有脆弱又神經質的敏銳，以及近似瞑想的陰森，兼容這兩種特質。光是這樣，還無法判斷她是否擁有強大的實行力。不過，除了這些特徵以外，法水更關注的是琪奈達與盧金的對比，倒不如說是天差地遠的悲劇了，即使向她們敘述父親的非自然死亡，姊妹倆連眼睛也沒眨一下。

「很久以前，那個人們口中的克里斯汀神父，也就是我的父親，即使他死於非命，我認為那也是理所當然的……」

琪奈達撇著嘴，竟然對父親之死，露出無情的嘲諷之色。

「不過，他是妳的親生父親吧？」

「不是的，他是我的養父。我們兩人失去雙親後，被慈愛的克里斯汀神父收養，後來，他懷著比親生父親更溫柔的愛情，將我們扶養長大。伊莉亞一直留在父親身邊，我長大之後，就去了我一直想去的修道院……。當時，人們還稱呼父親為基輔的聖者。」

不過，琪奈達挑了挑眉，又繼續說：

「可是，一九二五年，我待的僧院終於遭到破壞，於是我不得不回到當時已經搬到巴黎的父親身邊。結果，我遇上的父親，已經跟以前判若兩人了。唉，怎麼會變那麼多呢？曾幾何時，父親已經拋棄聖職，賣掉聖器，把這筆錢當成資金，榨取那些移民的血汗錢。對我們的態度，自然也跟過去不一樣了。」

「這也是很合理的事。」

法水沉重地點點頭。

「這是革命造成的衝擊哦。大戰之後，有些人的個性出現一百八十度的轉變，據說因此發生了不少悲劇。後來呢？」

「後來，父親用他那髒兮兮的指甲，剝去他過去的榮耀。甚至還被一點小錢迷昏了頭，聽命於尼古拉．尼古拉耶維奇大公[15]，偽造了那份有名的《季諾維也夫書信》[16]。因此導致同志不睦，來到日本，後來他還是拿從窮人身上榨取的金錢，買下教堂看守人的股票。你說有沒有人怨恨他呢？這麼說起來，整個東京的白俄羅斯人，全都是嫌疑犯了吧。他貪得無厭，又收取高額利息，再慈悲的神明，也要對他恨之入骨吧。所以，看到現在的父親，再回想過去的高尚情感，我實在不覺得他們是同一號人物。」

這時，法水的提問終於進入正題。

「對了，妳有沒有聽見鐘聲呢？」

「話說回來，在那之前，有一件讓人毛骨悚然的事。我在四點半醒來，看到樓梯的壁燈還亮著。你們也知道，父親是那副德行，所以我以為盧金回來了，可是，他過來的話，應該會拉門鈴才對。總之，我也沒有多想，不久，房間門前方傳來腳步聲，啪嗒啪嗒，聲音愈來愈遠，走上鐘樓去了。」

「那個腳步聲有什麼特徵嗎？」

「那個腳步聲的一步，像是正常人走路的兩步，每一步的間隔都很久。好像邊走路邊想事情的感覺。」

「這倒是有點奇怪呢。」

說著，法水陷入沉默的思考。當他終於抬起頭的時候，他的臉色宛如死人樣蒼白。

「妳剛才說的意思，確實是指妳父親的亡魂在走路吧？不過，我們已經從醫

譯註15 Николай Николаевич Романов，一八五六至一九二九年。一次大戰期間的俄羅斯帝國將軍。

譯註16 一九二四年，英國大選前四日於英國《每日郵報》刊登的文件。據稱此信是共產國際領導人季諾維也夫給大不列顛共產黨的指令，命令其從事煽動、叛亂。此書信幫助英國保守黨獲得壓倒性勝利。現代歷史學家普遍認為該信為偽造。

學證明，他早在一個小時之前就斷氣了。」

那真是讓人心臟一緊的感覺。話說回來，他到底是用什麼根據來推測的呢？

法水出乎意料的話，把周遭的人全都嚇了一跳。不過，唯有琪奈達跟水面一樣平靜無波。

「那跟醫學什麼的根本沒關係。在這個世界上，充斥著數不清的神祕暗號與象徵。我相信那正是我的父親。而且，那個聲音非常清晰，我根本不可能聽錯。即使那是耳朵聽不見的聲音還是被消去的聲音，我認為那一定會化為不變的啟示，出現在我的面前。」

這是多麼肅穆的一番話啊！法水像在回應她的話，以沉痛的聲音回答：

「原來如此。不過，蘇索（十三世紀德國有名的神學家）[17]宣稱他多次見到耶穌的幻象，據稱起源是他經常凝視的聖像畫呢。而且，我記得有人說過這句話。『將自己的心靈視為一座花園，想像主散步於其中，其樂無窮。』」

最後一句話還沒說完，琪奈達已經渾身發抖。下一秒，她又哈哈大笑，

「真驚人啊。你竟然想像我是兇手，真讓人承擔不起啊。不管現在的父親對我們多麼殘酷，只要想到他把我們從孤兒院救出來的大恩大德，這點小事根本無足輕重呢。請你好好記住這一點。還有另一點，法水先生，自然科學耗費那麼長的時間，也只征服了卡巴拉教[18]與印度瑜伽派的魔術罷了……」

除了神學觀念的對立，法水覺得自己被嘲笑了，琪奈達斜眼看著陷入沉默的對方，冷靜地接著說：

「總之，我也點了燈，打算去瞧一瞧，不過，門好像被鎖上了，根本打不開。於是我把妹妹叫醒，我們兩人都很害怕，甚至不敢爬上樓把燈熄掉。不久，

譯註17　Heinrich Seuse，一二九五或一二九八至一三六六年，神祕主義者。

譯註18　與猶太哲學觀點相關的思想，解釋永恆的造物主與有限宇宙之間的關係。

鐘聲就響了。」

「真的很奇妙哦。」

伊莉亞插話。

「先是大鐘鏘鏘鏘地響起，接著小鐘才開始響。」

「咦？妳說什麼！」

法水的臉色一下子刷白了。然而，琪奈達也接著重複伊莉亞說過的話。

那真是如同字面敘述的鬼氣逼人。不管用什麼方法，敲鐘的機械裝置不可能發出這種顛倒的響法。法水一直相信，只要能找出鐘響與兇手行動之間的關係，這起事件就是芝麻小事，根本沒什麼好奇怪的，方才，伊莉亞的一句話，卻將他推理理論上的進展破壞殆盡。檢察官也抖了一下。

「話說回來，的確是這樣。我好像忽略了一件要事。」

法水忍不住往門外衝，抬頭仰望鐘，看了好幾回，一名拿著放大鏡的刑警看到他，走了過來。

「法水律師，鐘怎麼了嗎？剛才我們也爬上去看過了，我們兩、三個人用手去推，鐘有齒輪，根本動不了。此外，我們也用手去拉過內部的鐘擺，只能發出有點卡卡的聲音，大鐘也不會移動，所以沒辦法將振動傳送到上面的小鐘。」

「原來如此，所以你的意思是說，除了拉繩之外，沒有東西能讓鐘傾斜吧。謝謝你的意見。」

法水再度回到兩姊妹的房間，既然已經完全理解鐘的性能，就不需要再用其他科學的方式來考證鐘聲之謎了。首先，最重要的一點在於，為什麼非要敲響鐘聲呢？目前還不明白其中原因。如果鐘是兇手敲響的，他有必要冒著自己身分曝光的危險，刻意這麼做嗎？（如果要用最簡單的方法來解釋，得到的結論會是鐘響之時，下方的鐘樓應該只有屍體，沒有其他人了。）不過，應該已經化為屍體的拉札瑞夫居然還在走動，想到琪奈達的話，也許是她對於已經脫離肉體的固執靈魂（某種動物磁場）比較敏感吧，說不定有一名神智學者，他能操作靈魂，發出腳步聲，同時奇蹟性地搖動大鐘。不過，這個想法讓他感到屈辱至極。於是，法水抱著前所未有的緊張，向琪奈達提問，只不過，他提問的內容，聽來只像是閒話家常。

「那個，這個問題可能有點奇怪，請問妳以前待在哪一家修道院呢？」

「呃，賓洛塞爾夫斯克。」

「所以是什麼教派呢？」

「特拉比斯會（Trappist）。」

「哦哦，特拉比斯會。」

說完，法水就沒再問下去了，接下來的幾秒，兩人彷彿進行一場淒慘的無聲戰鬥。不過，這時鑑識課人員來採取兩姊妹的指紋，緊繃的氣氛突然舒緩了，一行人終算是鬆了一口氣。

在這段期間，法水檢查置於一旁的燈，卻有意外的發現。那是一盞桌上型的檯燈，在電燈普及之前，曾於俄羅斯的上流家庭風靡一時，這種燈沒有用來調整燭芯的旋鈕，而是尺寸比一般燈座還大的小鼓型。還開了十幾條百葉窗狀的直式開口，當外面的空氣進入時，便與上方的熱空氣形成氣流，推動中央圓筒的氣閥，圓筒轉動並將燭芯推出來。不過，讓法水屏氣凝神的，並不是這個裝置，而是因為見看內側的羊皮紙，上面寫著伊凡·托多羅維奇獻給尼古拉·尼古拉耶維奇大公。一名外事課人員站在他身後，見了便驚訝地說：

「就是它……四年多前，我們曾接獲巴黎警察總部的通知。大公死後，在他親手寫下的持有品目錄中，少了加萊的皇冠，以及這座沙皇侍衛長托多羅維奇致贈的檯燈。」

「怪不得父親總是再三叮嚀，叫我們白天要把它藏在床下。說不定是父親偷來的呢。」

琪奈達羞愧地嘆了一口氣，熊城得意洋洋地點頭。

「無論如何，這都是一個戲劇性的祕密吧。總之，這已經足以視為動機了。可是啊，法水，這樣一來，殺一個人跟殺三個人都是一樣的啊。為什麼要從外面把門鎖上，就這樣逃走呢？」

「只要想通這一點，差不多就能找到兇手了。不過，在我的想像之中，我認為原因應該是地板的採光窗吧。從這裡可以看見外牆的旋轉窗，這座燈正好可以搆著樓梯的天花板哦。所以，只要姊妹倆的其中一個人拆掉鐵絲網，把玻璃踩破，兇手繞了一大段路，來到窗子下方，就能跳到室外了。也就是說，聰明伶俐的兇手已經理解這麼危險的條件，昨夜只能排除一個阻礙，應該還會等待下一次機會吧。」

後來，法水再次詢問琪奈達：

「對了，關於鑰匙……」

「鑰匙只有一把，父親的房間跟我們的房間是通用的。平常都放在父親房間裡的花瓶裡，不過我們雙方都沒有晚上鎖門的習慣。總之，請你理解，除了腳步聲跟鐘聲之外，我們什麼都沒聽見。」

幾乎就在她說完的同時，琪奈達突然發出微弱的呻吟，腳步踉蹌，踩不穩。法水勉強從一旁攙住她，不過濃稠的汗水從她的額頭流淌而下，她的面色蠟黃。看來，她奮力抗戰的力量似乎已經揮霍殆盡了……，也許是犯罪者最悲慘的姿態吧……？

讓腦貧血的琪奈達躺在床上，法水陪伊莉亞來到鐘樓，這時，S署的員警表示他要帶一個年約三十的俄羅斯人過來，對方在六時許，碰觸了距離教堂十五、六町[19]遠處的封鎖線。他叫做德米安·瓦西連科。

譯註19　一町約為一百零九公尺。

「啊，還是來了。」

聽到這個名字，伊莉亞低聲說了跟盧金一樣的話。

「他非常迷戀我姊姊。可是，姊姊那個人啊，對正常人一點興趣都沒有，一寸法師跟俊美的瓦西連科，在她的眼裡都是相同的。」

「所以瓦西連科不是令姊的男朋友囉？」

「才不是什麼男朋友呢，」

伊莉亞用有點輕浮的口氣說：

「姊姊甚至還說她最喜歡盧金了。所以，她昨晚拒絕盧金的婚事，我想只是故意跟父親唱反調。老實說，昨天晚上是這樣的……父親選擇盧金當姊姊的丈夫，也是看上一寸法師的財產。他私底下好像收了盧金不少錢，前天才跟姊姊坦誠這件事，後來，他連續兩天，一直糾纏姊姊，逼她嫁給對方。不過，姊姊說什麼也不肯點頭，頑固地抗拒到底，跟父親爭執著，天色就暗了。看到女兒這麼堅持，父親似乎絕望了，態度瞬間改變，改向盧金要求更多的錢。兩個人當然起了激烈的口角，雙方僵持不下，甚至到了快要擦槍走火的地步，還好當時盧金接獲電報，總算能避免一時之間的危機。」

伊莉亞喋喋不休地說個不停，法水有一點驚訝，總覺得主導權似乎被對方奪走了，他覺得這名女子看似單純，卻不是傻瓜。伊莉亞又接著說：

「傍晚五點，大概是姊姊跟父親吵得最激烈的時候。雨夾雪斜打進來，姊姊在拉繩底下，渾身都沾滿了雪，卻仍然沉默地瞪著父親的臉。模樣非常恐怖哦。」

「所以這就是慘遭蹂躪的婚禮象徵嗎？」

法水從口袋裡拿出沾滿泥巴，已經被踩扁的白玫瑰，

「大概是妳姊姊的吧？這只髮飾掛在拉繩下方約五寸的地方。既然知道它的來歷，看來已經派不上用場了。」

說著，便將它拋到地上。

「不過有點奇怪耶。要是不討厭他，跟他結婚也沒問題吧。」

「老實說，」

伊莉亞的雙頰泛紅：

「因為她知道我喜歡盧金吧。西哈諾[20]也來自修道院嘛。」

「原來如此，真是有趣的觀察。好吧，接下來請妳說明樓梯的部分。」

接著，調查作業移到樓梯外壁的旋轉窗，熊城看見窗玻璃中央畫著一道紅色的粗橫線。

「原來如此，雖然盧金說這盞壁燈整晚都亮著，十分可疑，不過，原因確實是因為這條紅線。可是，為什麼一定要讓外面的人看見這條線呢？」

法水輕輕摸過窗框的灰塵。

「只能開到一半！零件已經生鏽了，看來已經很久都沒人打開這扇窗戶了。

伊莉亞小姐，請問拉進窗戶下方，那條像電源線的，是什麼線呢？」

那兩條粗電線筆直延伸到正門旁邊的電線桿，電線上方完全看不到結冰的雪。伊莉亞開始說明有關的一切。

「是的，那是以前還有管風琴時的電源線。你們看，窗戶上方有個三尺的突出鐵管，跟電線平行，對吧？以前，每逢節慶之時，我們都會在那裡綁上羅曼諾夫的旗幟。纏在鐵管上的裸線，則是我收音機的天線。我也忘記是什麼時候了，陸軍飛機的報告管曾經掉在鐘樓的屋頂，當時，我們拜託爬到塔頂的士兵，先幫我們掛上十字架。你們都已經了解了吧，快點釋放我，讓我回去照顧姊姊吧。」

回到鐘樓，便接到負責搜索教堂內部的員警報告，內容如下。檢查過兩人的身體，完全沒沾附任何血跡。在拉繩上，也沒有發現他們期待的衣物纖維。還

譯註20 Savinien de Cyrano de Bergerac，法國作家，一六一九至一六五五年。因舞台劇《風流劍客》聞名，描寫西哈諾因大鼻子而自卑，不敢向心儀的女性表白，富騎士精神、正義感強烈。

有，他們在禮拜堂的聖壇下方找到一條密道，不過，那條密道不僅沒有使用的跡象，半路就塌了，絕對不可能通行。最後，指紋無效，以及在狂風吹拂下，雨夾雪沒有堆積……等等，一切都是一場空。

檢察官以沮喪的態度輕聲說：

「鐘響的方式猶如雜耍團，而且我們還是沒搞清楚兇手的脫逃路徑。再說，如果匕首是由下往上扔，鐘塔又不到五尺高，一定會打到空隙的某個地方吧。」

不過，他卻有一件事非問法水不可。

「你剛才為什麼有辦法想像，認為琪奈達聽見的就是拉札瑞夫的腳步聲呢？」

法水的眼睛一下子亮了起來，他發出讓人索然無味的聲音。

「因為屍體的左手腕往內側彎曲哦。他還能行走，看來程度應該很輕微，頂多是發病時感到頭暈的程度吧，不過，拉札瑞夫的左半身處於中風造成的麻痺狀態，症狀非常輕微。麻痺症狀明顯改善的證據，就是手腕往內側扭曲，指尖呈勾狀。此外，這種時候想要把腿彎起來，都是一件難事，所以我們可以想像，當時的腳步聲八成是中風的環狀步態。也就是說，行動不便的那隻腳，為了避免趾尖無力，所以把腳掌傾斜，以由內往外畫弧線的方式移動。於是，只有健康的腳跨出去時，才會發出聲音，明明用雙腳走路，卻只能聽見一個腳步聲。持續聽見同樣的情況，自然會想像那是拉札瑞夫了。」

法水竟然能夠說出拉札瑞夫的左半身不遂，他思路清晰的推論，把大家都嚇了一跳。

「原來如此，」

熊城深深點點頭。

「所以我們就能得知拉繩夾在瓦斯管的原因了吧。由於拉札瑞夫的半邊身體行動不自如，所以他把腳勾在上面才能施力。」

「嗯，不過熊城啊，我不僅準確說中了，還有意料之外的收穫哦。」

法水的臉上泛起紅潮。

「當時，琪奈達的外表似乎非常冷靜，不過她的內心受到強烈的衝擊。我們一般正常人的心理，只要感到些許害怕，就會扯一些無關緊要的小謊，總之，無論如何，那個宛如天使的女人，她的陳述中有一個虛構的事實。熊城，琪奈達確實說了自己待的修道院是特拉比斯會吧。不過，實際上是革新加爾默羅會（Order of Carmelites）哦。」

「加爾默羅會？」

「就是那個赤腳的修女會。不僅光著腳，春夏秋冬都只穿一套嗶嘰布的衣服，只能睡在木板上，奉行全素食，據說以前一年還斷食八個月，他們的教則都是驚人的苦行呢。」

「不過你是怎麼知道的？」

「我剛才不是說了『將自己的心靈視為一座花園，想像主散步於其中，其樂無窮。』這句話嗎？當時琪奈達確實嚇了一跳。我本來只是把這句話當成一個威脅的比喻而已，不過卻嚇到琪奈達了，這並不是因為她察覺自己被當成兇手了。所謂的犯罪者，對這一點早就有所防備了呢。至於她為什麼會嚇到呢？因為那是加爾默羅會的創始者亞維拉的德蘭（Teresia Abulensis）表述自己不可思議的夢幻狀態時所說的話。如果你們以為西班牙的女人都像卡門，那就錯啦。從前有個偉大的神祕學家，引領一派神祕神學，還實現物體飄浮、分身術的偉大神祕學家。儘管在日本只有五百人認識他，不過那是人稱大德蘭繼承人的聖瑪蒂亞（San Juande la Cruz，十字若望），他的畫像就掛在她床邊的牆上。」

檢察官點頭附和。

「對了，我記得確實有一幅中世紀的修道僧畫像呢。」

「嗯，就是這樣。在琪奈達的守貞生活中，參與此一教派的修道，到什麼程度呢？還有，她為什麼非說謊不可呢？雖然還不知道原因，」

話說到一半，法水突然換上嚴肅的表情：

「總之，她是唯一一個說出虛偽陳述的人，從這點看來，那個女人是最可疑的兇手。」

熊城驚訝地大叫：

「別胡說。你忘記鑰匙的事了嗎？」

「那個啊。這裡的門口沒有旋轉窗，下面也沒有縫隙。不過，用線操控鑰匙的方法，可不是只有范・達因[21]的《狗園殺人事件》（*The Kennel Murder Case*）那一種哦。你知道平結怎麼綁嗎？一頭綁緊，只要拉另一頭的線，就能輕易鬆開哦。只要做個實驗就能明白了。」

法水在鑰匙環打了一個平結，站在拉札端夫的房門口。

「記好囉。先把鑰匙插進去，再轉一圈，轉到門就快要鎖起來的程度。接下來，拿起線的一端，解不開的那一邊哦，別在門把的軸心上打結，而是繞個兩圈左右，再把線拉緊。接下來，把拉了就會鬆開那一端穿進鑰匙孔裡，這條線要拉鬆一點。當然了，必須在門閂沒放下來的情況下，才能用這一招。這時，走到門後頭，轉動把手，繩子就會像這樣，勾在鑰匙上，跟著轉動，雖然門閂放下來了，不過門閂沒辦法鎖到底，被繩子撐住了。接下來，拉扯穿過鑰匙孔的繩子。鑰匙環上的結自然會鬆開，然後多次旋轉把手，拉扯纏在軸心上比較鬆的繩子，怎麼樣？順利拉進來了吧？然後門閂也鎖緊了，完全不留痕跡。」

然而，法水一派輕鬆地打開門。

「不過，因為有鐘聲，所以不能光靠我的想法來解決整起事件。教堂裡裡外外都沒有足跡，也就是暗示著……兇手還在教堂之中。」

雖然檢察官與熊城都露出些許放鬆的模樣，不久，熊城就下樓了，完成逮捕

譯註21 S. S. Van Dine，一八八八至一九三九年，美國作家。

兩人的偵訊之後才上來。

「雖然盧金表示伊莉亞說的完全沒錯，不過他可能只是假裝去了豪德寺，走到一半又回頭了，根本連個不在場證明都沒有嘛。還有，瓦西連科好像暗中從事政治活動，平常由右翼團體天龍會接濟，不過他好像罹患重度結核病，現在情況很糟哦。昨晚他聽說琪奈達要結婚的傳聞，非常亢奮，整晚都在附近徘徊呢。不過，那傢伙並不是兇手。」

說著，熊城彈響他油膩膩的手指。

「喂，法水啊，因風勢猛烈又強勁的關係，所以圓頂沒有積雪。不過，圓頂沒留下腳印，反而讓人有了自由想像的空間。總覺得我好像鎖定兇手是誰了呢。還有鐘響的原因，我也想出來了哦。」

「那還真是出人意表啊。」

法水極度諷刺地說：

「所以你認為用什麼方法，才能讓鐘發出那種不可思議的響法呢？再說，對於具備兇手特徵的人物，我們根本一無所知啊。」

致命一擊

「少開玩笑了。除了盧金之外，還有別的兇手嗎？」

熊城忍不住拉高了聲音。

「只要想辦法消除六尺跟三尺半的差異，就能解開屍體之謎了。」

「哦哦，所以你的意思是？」

「因為教堂內外都沒有足跡嘛。也就是說，如果把姊妹設想成兇手，鐘聲又是一個明確的反證嘛。所以我們只能推測，兩點的時候雨夾雪停了，這時兇手已經在教堂裡，結束犯行，沒在地面留下痕跡就逃走了。這時鐘聲響起了，應該不用我特別講吧，不過，他的脫逃路線非常簡單哦。先攀爬上拉繩，爬到鐘塔的窗外，從那裡把凶器扔往後門的方向，再順著天線爬下來圓頂的地方，接下來沿著埋在旋轉窗下方的電源線往下爬，像猴子那樣盪到教堂外面。為什麼我這麼推測呢？首先，電源線沒有結冰，其次是插在拉繩上的白玫瑰。那是盧金撿來的，為了緬懷琪奈達殘留的香氣，他爬繩子的時候，卻不小心掉了。還有另一點，在這起事件目前的登場人物當中，有一個人平常就有鍛練臂力，能用這種非人的方式離開。不僅能輕快地爬上三丈高的繩子，還能用電源線盪來盪去，如果是正常人的臂力跟體重，都會在電線埋入處或電線桿上的接合部分留下肉眼可見的損傷吧！我想他大概能輕而易舉地盪到一町遠的距離吧。也就是說，需要跟正常人差不多的腕力，以及與此呈反比，宛如幼兒的體重……只有盧金才能輕易達成這些極為困難的條件嘛。再說，拉繩並未留下紡織品的纖維，我們反而能用反論的方式，來證明是全身包覆防水衣的盧金幹的。」

檢察官目瞪口呆地盯著熊城。

「這種事我們不需要特地聽你說吧。能用這麼輕鬆的方式解釋，你真是太棒啦，你是不是忘了鐘的機械裝置？」

不過，這時靠熊城的解釋，還是無法實際說明鐘聲之謎。

「你們聽我說嘛。我剛才說過了，繩子的振動敲響鐘聲，不過，我可不是指那個令人費解的響法。那是更早的時候。也就是說，報時之外的鐘聲響了兩次哦。第二次才傳進你們跟姊妹的耳裡，所以第一次脫逃的時候，大概只發出聽不見的微弱聲響。這是因為像盧金這樣腕力強大的人物，即使不像尺蠖能屈能伸，他只要用力一拉，讓鐘朝向同一方向傾斜，就能靠他的臂力爬上去，不讓鐘回到原位吧。如此一來，前後只會喀嗒喀嗒地發出兩次微弱的聲響哦。」

「所以你說第二次的鐘響呢？」

「呵呵呵，那就像是點綴嘛。」

熊城厚著臉皮主張他排除鐘聲的說法。

「對嘛，我們沒看到接觸摸鐘的痕跡啊！就算有人碰過，用手去推頂多只能推動鐘擺，大鐘根本動也不動，所以我也不知道為什麼大鐘動了，反而會把振動傳到小鐘，整座鐘發出前後顛倒的響法。若要說不可思議的話，最不可思議的地方莫過於此了，可是，在這起事件裡，那只不過是不值得一提的配角嘛。至於要說為什麼要把鐘跟屍體放在一起推測呢？因為一切都跟一寸法師盧金那驚人的特徵一致。除此之外，鐘的現象發生在兇手脫逃之後呢。所以事件更複雜了，添增幾分戲曲的色彩，卻不會左右事件的本質嘛。喂，法水，搜查官通常會對獵奇的部分感到好奇，反而錯過解決事件的機會哦。不，連我都差點步上他們的後塵了。」

「原來如此，算是你近期的傑作啦。」

法水展現露骨的嘲諷，吐著煙圈。

「不過，照你這麼說，殺人的人跟爬繩子的人，應該是兩個不同的人物吧。」

正因為對方是法水，熊城露出近乎怯懦的警戒神色，檢察官也拍拍大腿說：

「嗯，一定是這樣沒錯。」

他先同意法水的說法，再提出自己的看法。

「喂，熊城，在他殺屍體中，這具屍體呈現前所未見的詭異姿勢，他是蹲著死掉的哦。除此之外，屍體附近也充滿謎團。首先，沒有打鬥的跡象，雖然他的臉部表情及指尖因為痛苦而扭曲，地板上根本沒留下掙扎、打滾的痕跡，也沒看他到按壓傷口。只有氣管遭人切斷，你該不會覺得他像是被雷劈到那樣，立刻斷氣吧？再說，外傷只有一處，而且那道創傷又導向只有在自殺者身上才看得到的方向，斜上刺進咽喉。只用一擊，就能準確命中難以擊中的目標，除非被害者故意採取方便擊中的姿勢，否則我們可以視為不可能的任務。當然了，盧金必須跳起來才能碰到傷口，相反地，要是拉札瑞夫蹲著，一切就更難解釋了。再加上手持燭台並不是事後才掉在他身上，衣物也沒有燒焦的痕跡，而且還放得四平八穩。所以，我認為從各種狀況看來，都顯現了拉札瑞夫的意志。熊城，我主張拉扎瑞夫死於自殺。」

「這樣一來，屍體是用什麼方式，把凶器帶到教堂外面呢？」

「當然是事後才拔出來的啊。你認為拔出凶器的人就是兇手。也許這是我異想天開的想像吧，我來說說迫使拉札瑞夫自殺的原因好了。我看了桌上型檯燈之後，認為拉札瑞夫跟盧金之間應該有不可告人的祕密……，倒不如說，盧金握有老人的致命弱點。於是，盧金用琪奈達做為交換條件。不過，琪奈達一直頑強拒絕，於是這場難分難捨的爭執，肯定僵持到三更半夜。拉札瑞夫陷入動彈不得的困境，於是他想到一個好主意。連同妹妹伊莉亞，都讓盧金挑選。那個女人似乎有幾分異於常人之處，甚至坦誠自己對盧金的好感。不過，盧金對琪奈達非常執著，完全不打算對妹妹出手。因此，從門縫窺探事情發展的拉札瑞夫，在絕望之下，終於自殺了。還記得那盞沒熄滅的壁燈吧？大概是盧金忘記熄掉的，就是因為那盞燈，才能讓拉札瑞夫看到盧金對伊莉亞那場鳴神式[22]的感情戲。」

法水露出別具深意的微笑，只顧著吐出濛濛的煙霧，

「原來如此，你們都有不同的說法呢。好吧，支倉，你要怎麼說明手持燭台的事呢？」

「是這樣的。當時，拉札瑞夫先點燃只剩一半的蠟燭，站在門口，由於他左手不遂，所以先把手持燭台放在地上，把門拉開一道細縫。接下來，他忘了熄掉燭台，忘情地凝視，於是，蠟燭終於燒盡了，他只能在黑暗之中做出最後的駭人判斷。然而，盧金發現拉札瑞夫自殺後，又怎麼了呢？他反過來利用這一點，想

譯註22 《鳴神》是歌舞伎的劇碼，內容描述天皇獻上美女，欲平息鳴神上人的怒火，上人最終受不了美女的誘惑，使美女成功解除上人的詛咒。

要讓他與琪奈達的關係，往有利的方向發展。這是因為，在盧金的邪念之中，他想要排除瓦西科連，他深信琪奈達喜歡對方，他在深夜目擊對方像個瘋子似地在教堂附近徘徊的模樣。他命令伊莉亞，不能提及此事，然後拔出匕首，鎖上姊妹的房間，接下來，他沿著你推測的路徑，逃脫到教堂之外。這樣一來，鐘聲一定是盧金敲響的了。這種玄妙不可思議的手法，當然是盧金才知道的祕密，對他來說，讓人早一刻發現現場，對他有百利而無一害。於是，我們可以得知他必須敲響鐘聲的原因了。所以呢，熊城，這起事件根本沒有兇手哦。」

「這樣的話，屍體之謎又該怎麼解釋呢？」

「除了相信那是某種病理上的可能性，大概沒有其他解釋了吧。刀子刺入的瞬間，原本健康的大腦左半葉溢血，讓正常的右半身也呈現中風性麻痺。看到半身不遂的人，一直神經兮兮地注意不要不小心跌倒，應該就能明白了吧，受到異常的精神衝擊與肉體的打擊時，剩下的大腦半葉也會發生續發性症狀。這個部分，只能靜待解剖的結果了。」

「哼。」

熊城雖然點頭，不過露出壞心眼的笑容：

「可是，你這個說法更像是他殺吧。再說，你好像漏掉屍體半蹲的姿勢吧。如果這個部分不說明清楚，自殺這種荒唐無稽的說法，根本不可能成立吧。而且，只要了解真正的原因，你這個說法的出發點，也就是創傷的方向，已經不存在拉札瑞夫的意志了哦。至於為什麼會形成那樣的姿勢，那是因為一寸法師盧金的身材哦。首先，盧金站在門外跟他說話。這時，拉札瑞夫當然知道他的身高嘛，大概出於習慣，彎著上半身，從門後伸出脖子。這時被他從下往上刺傷了。於是拉札瑞夫就這樣倒下來了，這時健康的半身出現中風性麻痺。也就是說，拉札瑞夫的咽喉就在盧金頭上，與其討論加害者用什麼姿勢戳刺，倒不如說，只有盧金特殊的身高，才能從那個方向刺進那個地方。」

「這樣一來，他的衣服應該要有燒焦的痕跡啊。」

檢察官已經有點察覺自己的失敗，聲音軟弱無力。

「他當然要放下手持燭台，才能開門吧？這樣一來可沒有時間讓蠟燭燒盡了。」

這時，熊城說了最後的結論。

「不過，要是盧金曾經用過那根已經燒了一半的蠟燭，又會如何呢？明明只剩下燭芯，可是吝嗇的拉札瑞夫還是硬要點燃，才會燒到下面的燭芯，隨著下面的蠟熔化，往旁邊流散的燭火就無法直立了啊。」

他讚頌著凱歌，不過，他又懷疑地斜眼瞄了一下，詢問：

「對了，法水，你意下如何？」

「唔，我的意見嘛……」

然而，他的目光有著意志堅決的銳利。

「該怎麼辦呢？我把鐘聲放在主角的位置啦，不過，我還是耐著性子，花點時間訂正一下你們的推論吧。」

他先對檢察官說：

「首先，你的自殺說法是謬論，屍體最後的呼吸就可以證明這一點。相信你也知道，他的氣管遭人完全切斷了，不過兇手沒有當場拔出匕首，而是任由它插著，放置一段時間……原因我後面再提。於是他的氣管壓扁與阻塞，正好跟被人勒斃差不多。我們當然要等到解剖，才能得知這相輔相成的原因，何者才是最終死因，總之，在這種情況下，在出血達到致死量之前，拉札瑞夫已經窒息，失去意識，這是我們可以確定的事。證據就是他已經脫糞，白眼球呈點狀出血。這時，重大的分岐點就在於最後的呼吸，也就是說，他遭刺之時，不對，根據你的說法，應該要看他自殺瞬間之前的呼吸，是吐氣還是吸氣呢？觀察他的橫隔膜，發現他正好吐完氣。也就是說，我們必須把它當成問題，根據自殺者的定律，倒不如說是人類的緊張心理，有一種不可或缺的生理現象哦。據梅涅特[23]等人的說法，當動脈末端劇烈收縮，胸部就會出現壓迫感，所以必須吸氣，讓肺臟充滿空氣，消除不安的感覺，否則不可能實行自己的意志。然而，在拉札瑞夫的屍體卻看不到這一點，所以我才會心生疑慮，他的肺臟怎麼可能是空的呢？因此，這個矛盾反而讓我當成推斷他殺的材料。」

「原來如此。」

檢察官乖乖點頭。

「這樣一來，熊城的盧金說法可以成立嗎？」

「那倒未必。」

法水平靜地微笑，湊近熊城的臉。

「我對你所說的侏儒殺人，也抱持完全不同的看法。我的主張是，拉札瑞夫的右半身根本沒發生中風性痲痺。證據就是屍體雙臂的溫度。痲痺的部分一定會比較冰冷，幾乎與屍冷[24]相當，不過，比較拉札瑞夫的雙臂之後，麻痺程度輕微的左手自然不消多說，問題是右手的溫度均等，還留著些許體溫。我想你一定會說，皮膚觸感那種細微的變化，不值得採信吧，我還有另一個足以明確否定的材料。提到這個材料之前，我希望你可以具體說明，你剛才提到只剩下燭芯的蠟燭形狀。」

熊城有點神經質地眨了眨眼睛。

「我當然實際想像過那個手持燭台哦。你也知道，殘蠟隆起，積在鐵芯的支架上。所以，當蠟芯周圍的蠟全部融化時，燭芯就會直挺挺地黏在鐵芯上，只有下端的少部分會埋進熔化的蠟裡。」

譯註23 Theodor Hermann Meynert，一八三三至一八九二年，奧地利神經病理學家、解剖學家。

譯註24 動物死後，屍體溫度降至環境溫度的現象。

「嗯，這點我倒是沒有意見。因為這是我從小就看過幾百遍的形狀嘛。所以你的意思是，小氣鬼拉札瑞夫正好在這樣的狀態下把蠟燭吹熄了，後來，在盧金敲門的拂曉時分，又再度拿去使用了，對吧？我們用一個比較奇怪的用語，稱它為『蠟燭的生理』吧，可是呢，只靠這一點來證明沒留下燒焦的痕跡，證據根本不夠充分呢。再說，你也沒計算到足以使用百目蠟燭的粗鐵芯吧？」

接下來，法水舉出淵博的引證，進行極為縝密的分析。

「不過，與其聽我說那些瑣碎的細節，不如來介紹我們偉大的前輩留下來的紀錄吧。一八七五年，日本尚未發布違警罪[25]之前，是刑事警察的黎明期。那正好是繪草子[26]店門口裝飾著大蘇芳年[27]血腥木版畫的邏卒[28]時代，當時，多瑙沃特[29]的警察，有個督察長叫做威戈·施德儒普，他的推理能力比統率現代科學警察的你優秀多了。那個督察長也推測了已經燃燒殆盡的大燭台的蠟燭長度，拯救了嫌疑最重的盲人，免於死刑的判決，不過，當時他推理的根據卻是平凡至極，而且是任誰都會不小心錯過的細節。那就是鐵芯的溫度哦，蠟燭的燭芯本來就會偏左或偏右，不在正中央，使用那麼粗的鐵芯燃燒到邊緣時，火就會被鐵芯隔開來，沒辦法完全燒到另一頭。於是，蠟燭燃燒不均勻，會呈現大角度的傾斜。也就是說，即使一邊只剩下燭芯，另一頭一定還會殘留一些蠟。不過，要像這樣完全燃燒殆盡的，只要加熱鐵芯，燒熱之後，在燭芯脫落之前，另一頭的蠟就會融化並滑落了……，等到只剩下燭芯之後，再把火熄滅，隔一段時間再點燃，這時，鐵芯已經冷卻了。所以，只有在點燃燭芯這段短暫的時間裡，才會融掉另一

譯註25 一八八五年頒布的舊刑法，警察署長可以就判處拘留及罰金的輕罪，直接處決，不需經過審判。

譯註26 江戶時代出版的大眾娛樂書籍。

譯註27 月岡芳年，一八三九至一八九二年，浮世繪畫師，擅長殘酷冷血的無殘繪。

譯註28 當時巡邏警察的稱呼，後來改為巡查。

譯註29 位於德國多瑙河畔的城鎮。

頭接觸燭芯下方的一小部分，上方還是維持原本的形狀，不過多多少少都還會留下蠟形成的薄膜。然而，那個手持燭台的鐵芯雖然已經燻成一片漆黑，蠟卻已經完全燒光了。儘管只有一點點，卻仍然留下蠟燭的形狀，那不就是直接燒完的證據嗎？也就是說，無論如何一定會留下燒焦的痕跡。」

熊城臉色刷白，雙唇不停顫抖，檢察官忍不住回應法水。

「所以這是兇手運用的詭計吧？」

「嗯，沒錯。事實上，拉札瑞夫的屍體呈站姿，位於碰不到火的位置。因此，需要某種詭計，如果能解開的話，就能解開讓你想像屍體為中風性麻痺，主張自殺的說法，以及熊城幻想盧金犯案的種種謎團了。然而，那是一條堅固的繩索。兇手把它緊緊夾在門把與靠右邊的牆壁空隙，與鑰匙之間又留下六、七寸沒有拉緊。因此，左手不方便的拉札瑞夫把手持燭台放在地板上，用右手轉動門把，打算用左邊肩膀把門推開，不過，門只能拉開繩子的間距，正要出去的時候，半個肩頭正好夾進門中間，頭部到右手都無法動彈了。這時兇手從外面壓制他，瞄準動彈不得的目標，悠然避開頸動脈，以免鮮血噴濺，冷靜地做出致命一擊，當時，兇手沒有立刻拔出凶器，是為了避免死者發出呻吟聲，在一旁看著拉札瑞夫迅速斃命的模樣。在這段期間裡，蠟燭很快就燒完了，他稍微把繩子放鬆，拉札瑞夫的腰就順著繩子對折了。接著，他判定屍體已經斷氣後，再把繩子放鬆，慢慢地放到地面，於是屍體正好呈現蹲著的模樣，傷口也垂直滴到地板上，沒出現不自然的流血狀態。同時，他行動自如的右手完全受到壓制，根本沒辦法抓門板。熊城，像盧金這樣的一寸法師，如果沒有投胎轉世，絕對辦不到這些事。也就是說，殺害拉札瑞夫的兇手，身材應該跟一般人相同，卻軟弱無力，是無法用尋常手段達成殺人目的的人物，他不僅是為了彌補體力不足的缺陷，更是為了擾亂搜查方針，才會採用這陰險冷血的計劃。因此，如果我們只看兇手的手法，盧金的幻想應該消失了，現身的是瓦西連科握著匕首的身影。」

「啊啊，那傢伙不可能的。他只能步行進出。」

熊城吐露悲傷的嘆息，法水的表情更黑暗、更憂鬱了。

「嗯，更進一步來說吧。如果我們將可能殺害跟可能脫逃這兩個條件擺在一起，說不定兇手是同時具備這兩項特徵的新角色呢。這時我們可以得出一些厲害的想法，結果是琪奈達符合所有條件呢？亦或是我們可以揭開瓦西連科出沒的祕密呢？總之，盧金已經不在兇手之列。好了，熊城，根據目前掌握的材料，已經說明了百分之九十九，我們也可以說，現在只剩下隱藏的唯一解決關鍵。也就是說，顛覆機械裝置，相當於超自然現象的鐘響方式，並描繪出兇手的姿態……。不過，我們是不是只能聽從琪奈達的說法，讓屍體走路，再用祂的手去拉拉繩，只有這個方法嗎？」

就這樣，鐘聲從單純的玄奇現象，一躍成為事件的主角。熊城強忍著顫抖，硬是虛張聲勢。

「無論如何，結果動機都是那盞桌燈吧？我打算吩咐下屬，讓他們暫時監視這座寺院。要是還有下一次機會，我會命他們把人抓起來。因為有一座我們看不見的橋嘛，我想兇手一定還會再來的。」

儘管這麼說，在他身上完全看不見平時的活力。

這時又下起了雨夾雪，還夾雜著狂風，天氣跟昨天完全一樣，法水遠離人群，獨自窩在鐘樓，一直沒出來。在這段期間裡，他實驗性地敲了幾次鐘，終究沒能聽見眾人期待的那一種響法。直到傍晚，法水總算筋疲力盡地現身：

「熊城，祝你成功。不過，屆時如果沒辦法捕逮兇手，請幫我轉達姊妹其中一人，請她把那盞桌上型檯燈帶到我的事務所。」

於是，他就在雨夾雪中踏上歸途，莫約一個小時後，門外再次傳來他的聲音，

「我是法水。不好意思，可以請你們擦掉旋轉窗上的紅線，點亮壁燈嗎？」

一名刑警走去點壁燈，他不經意地往窗外一瞧，看見一隻紙風箏飄在半空

中，宛如暗夜裡的帆船，輕快地湊過來。究竟是為什麼？法水為什麼要點亮壁燈，擦掉紅線，還放紙風箏呢？

然而，當天夜裡，法水徹夜不曾闔眼，把注意力集中在眼睛與耳朵上，好像在看著什麼、聽著什麼似地。半夜一點左右，他終於聽見聖阿列克謝寺院的鐘響。而且還是大鐘先響的敲法……，教堂的神祕與恐怖再度劃破夜空，聽見這個聲音後，他不知為何竟露齒微笑，然後沉沉地睡去。

告白

第二天的正午時分，伊莉亞捧著桌上型檯燈來了。

「昨天晚上應該很吵吧？」

「是的，不過為什麼抓不到兇手呢？明明就有人進來，卻沒留下足跡，鐘聲又是那種響法。」

「那是當然的。因為那是我去敲的啊。如此一來，拉札瑞夫的事件就解決了。」

法水瞄了驚訝的伊莉亞一眼，從桌上型檯燈的底部取出一封信。

「難道是姊姊……？」

「沒錯。是令姊的告白信。」

法水實在是不忍心直視對方的臉，不過，伊莉亞聽了這句話，瞬間全身無力，踉蹌地跌坐進椅子裡，兩眼無神地呆望著某處。在這段期間，法水看了告白信，不久，伊莉亞便回過神來，啜泣了起來。

「我真是不敢相信。父親對我們恩重如山，為什麼姊姊非殺了他不可呢？」

「那是因為一股強大的力量，支配了令姊的本能。」

法水避開比較刺激的字眼，開始說起琪奈達的犯罪動機：

「當我發現她是加爾默羅會的守貞女之時，就知道在她那美麗的皮相之下，已經深植著為了戒律不惜殺害父親的頑冥血液了。妳也知道，為了成為天主的新娘，守貞女必須付出自己的一切，來爭取資格。然而，一旦她與俗世之間的鐵壁崩塌了，又會如何呢？這時，天主的新娘將在嶄新的生活中，受盡多少折磨呢？請妳也想一想吧。更何況守貞女忍耐著她被賦予的試煉時，已經在那樣奇怪的生活中，形成某種英雄主義了。另一方面，她們奉清貧及貞潔之名，身體承受驚人的痛苦，反而誘發受虐的肉體欲望。於是，她們在違背自然法則的痛楚之中，描繪愛撫天主肌膚的感覺。不過，清純處女常見的潔癖，怎麼可能忍受這種情況呢？這顯然是一種精神疾病了。令姊的情況就是屬於這一種，不幸的是，這時拉札瑞夫強逼她與盧金結婚，與其褻瀆神，她寧願拿刀子刺進養父的咽喉。保羅曾經說過：『儘管修道生活是出眾的生活，卻不是義務。』恐怕她也曾經苦惱過一陣子，最後仍然不敵根深柢固的偏執。在告白信裡，有這樣的一段話。『軟骨的手感十分奇妙呢。不過，感受這份感覺的瞬間，我在殺害養父的苦惱之中，深刻地體會了唯有守貞女才能理解的，那種高貴、神聖的喜悅。』所以，我們可以清楚得知，是什麼迫使她殺害養父拉札瑞夫了。用一句話來解釋，要引用另一位保羅的話了，『無法分心面對家庭義務之人，不幸蒙受革命的苦難，為了再度回歸家庭而導致的悲劇。』」

這凄慘的動機，讓伊莉亞忍不住想要蒙上耳朵吧。她緊閉的眼皮，在持續不斷的衝動之下顫抖著。法水感覺如釋重負，終於開始說明殺人方法。

「不過，驚人的是令姊的犯罪手法及動機，完全顯現了雙重人格的對比。儘管她抱持蒙昧固陋的宗教觀，實際上進行犯行時，卻顯現了令人讚嘆的科學頭腦。得知此事之後，我完全啞口無言。兩者看似毫不相關，誰能想像竟是出自同一人之手！犯行始於發給盧金的假電報，令姊在上午偷偷扮成男性，塞錢給附近的孩子，請他在晚上九點拿到電信局。」

他先陳述殺害手法及鑰匙的事：

「總之，那一條線不僅讓事件陷入難解的困境，而且巧妙地掩飾女性軟弱無力的部分，將所有罪行都嫁禍到盧金身上。因此，就連老練的熊城都上當了。不過，真正令人驚嘆的，是接下來要說的，不可思議的鐘聲技巧，進入主題之前，我要先聲明一點，也就是鐘樓傳來的腳步聲，坦白說，那是她為了明確指認敲鐘人物而說的謊話，讓我多疑的神經，使事件愈來愈複雜。也就是說，除了令姊之外，沒有其他登場人物了。」

接下來，法水的視線移到告白信上。

「好了，我要接著念下去，請聽我說吧。『我之所以會在自然界的事物中挑選導體，乃是出於我意外的發現。我窺視地板的採光窗，察看導體抵達外牆旋轉窗的紅線時，還要經過幾分鐘才能接觸到下方的電源線呢？經過數次實驗的結果，我總算測出正確的時間。導體不僅會在瞬間消滅，還能讓它從出發點，也就是鐵管，通往伊莉亞那條纏在鐵管上再通往屋頂十字架的天線。而十字架的根部，則由吊掛鐘的鐵製橫樑支撐。於是我看準時機，點燃桌上型檯燈，靜待即將降臨在聖阿列克謝寺院的恐怖事件。我之所以會點燃樓梯中途的壁燈，是因為光線正好會照到那一帶，方便我觀察導體的情況。同時，玻璃映出黑色的牆壁，並不會妨礙視線。』」

朗讀到一個段落後，法水突然把告白信翻過來，蓋在桌上，抬起頭。

「接下來，我來說說我的想像吧。妳認為那個導體是什麼呢？其實，夾住大鐘的鐘擺，再連接導體與檯燈的那條線，乃是令姊腦袋裡蹦出來的火花。妳知道嗎？是沿著鐵管前端，在溶化的雪冰裡往下延伸的冰柱哦。不過，在那之前，她必須先準備一個機關。取一捲底片，把它剪得比鐵管到動力線之間的垂直距離更長一點，在整捲底片上筆直地塗一道接著劑，用來固定鋁粉。然後，把那一面朝內捲起來，邊緣黏成圈圈狀，把這捲底片綁在匕首發現地點的紙風箏上，放飛風箏。接下來，讓底片的圈圈順利嵌進鐵管前端，同時操縱另一條綁著開瓶器的線，切斷綁住底片的那條線，再用那只開瓶器割傷位於垂直正下方電源線的一處。妳認為這個機關能對頭上的大鐘做出什麼事呢？」

「不知道耶。」

伊莉亞已經暫時忘卻姊姊的罪行，好奇地睜大眼睛。

「目的就是除掉讓大鐘傾斜的東西。在講到這個部分之前，一定要先提到一點，就是前天的天氣。為什麼呢？因為下著雨夾雪，伴隨橫向捲來的狂風的五時許，令姊踏出她犯行的第一步。我說過，當時父女倆在拉繩正下方劇烈爭執吧？不過令姊真正關心的是另一件事。她用腳慢慢踩踏拉繩的一頭，把全身力量都放在一隻手上，慢慢拉動拉繩，使鐘傾斜。小鐘當然還維持水平，不過大鐘已經略為傾斜，鐘擺碰到內壁了。風勢非常猛烈。雨夾雪持續不斷地刮進來，不久，終於讓鐘擺結冰，黏在內壁上了。這個情況對於藏在上方的小鐘當然會造成一些影響，不過，即使鬆開繩子，沉重的鐘擺還是緊緊貼在大鐘一邊的內壁，在重心偏移的情況下，自然呈傾斜的狀態。」

「這麼做鐘會響嗎？」

「等到電流融化鐘擺的結冰之後，會的。再來說明路徑……，聚集在鐵管前端的水滴落到底片上，從光滑的賽璐珞面滑落，只會積在凹凸不平的鋁粉上。待冰柱形成之後，長度增長為線狀，壓迫下方的底片捲軸，慢慢往前推開……，這是令姊的超強創意。等到完全推開之後，鋁粉線的末端就會接觸到電源線表皮受傷的地方，於是電流一定會瞬間通往塔上的大鐘。結果不用我多說，妳應該也能想像吧？冰柱當然會瞬間消失，底片起火燃燒，只剩下包裹著銀色輕金屬粉末的白色灰燼，無法承受水滴的重量，落到地上。不過，相對於比重較輕的積雪，有保護色的金屬粉末將會逐漸逸散，已經超越搜查官的視力了，同時，這個機關也會灰飛煙滅。因此，只要瞬間電流融化鐘擺的結冰，鐘擺當然會敲擊另一側，傾斜同時回復原狀，結果會讓除了拉拉繩就無法撼動的鐘發生振動，顯現了那樣的奇蹟。當然了，昨夜的鐘聲正巧碰到同樣的天氣，我只是依樣畫葫蘆罷了。不過，最寶貴的暗示莫過於那只玫瑰髮飾了。原本該被踩爛的東西，卻刺在拉繩下方的五寸之處。」

「唉呀！」

伊莉亞不禁發出驚嘆之聲。

「不過匕首呢？為什麼會扔在那個莫名其妙的地方呢？」

法水進入最後的推論。

「因為她轉動那盞檯燈啊。令姊確認拉札瑞夫斷氣後，拔出咽喉的匕首，在樓下洗臉台清洗之後，再度回到鐘樓。這次在長麻線的前端綁上重物，瞄準兩座大鐘的中間，將線往上拋，越過橫梁。用快要凝固，像漿糊般的血液，把匕首柄黏在線的另一頭，另一邊則從夾拉繩的踩腳用瓦斯管，穿進門的鑰匙孔，把那一頭綁在檯燈的內側，讓圓筒旋轉的鐵芯上。這個裝置當然是在還沒從外側上鎖之前準備好的，也就是說，門閂朝上的鑰匙孔一共穿進兩條線。接下來，令姊先用線操作鑰匙，把門鎖上，然後再確認冰柱的情況，點燃檯燈，開啟百葉窗狀的直式開口。這時，內部的圓筒在氣流作用下開始旋轉，不久便扯動那條線，把線拉緊，將綁在另一頭的匕首往上吊。然而，冰柱抵達電源線的時間與圓筒的旋轉次數，都需要非常精密的計算，因為她必須在短劍即將抵達鐘的底部之前，讓冰柱導電。因為這是她唯一的方法，除了想藉由觸電，讓鐘具備磁性，還能將匕首拋出去。也就是說，鐘的磁力能吸住匕首的頭，由於匕首吊在半空中，所以會呈橫向，再被另一座鐘把銅製的刀鍔彈飛。這時，把線黏在刀柄上的凝血就會剝落，落在鐘樓的採光窗附近了。此外，門前的血跡，正是線經過路徑的最好證明。然後，線經過鑰匙孔，捲進檯燈的圓筒之中，同時，方才被線撐住的門閂也垂直落下，犯行至此完全結束。」

證明完畢之後，法水臉上的紅潮褪去。

「怎麼樣？接下來則是以鐘聲為中心，描繪出盧金脫逃的姿態吧。這當然是令姊安排的兩個不在場證明的其中之一。儘管從外側上鎖的技巧相當幼稚，不過鐘聲造成的，可不是只有神祕感哦。幸好已經解開謎團，若要問我能不能構思這種程度的計劃，很遺憾，我也只能搖頭說不吧。總之，過去我挑戰了這麼多的犯罪，令姊是我遇過的最強敵手哦。」

「這樣一來，姊姊會被判死刑吧？」

伊莉亞總算提及這件事，法水指著告白信的最後幾行。她突然緊抓住桌角，神色大變。

「毒藥！你竟然要姊姊自殺？」

「別開玩笑了。發脾氣之前，請妳先聽完我的話吧。」

說著，法水起身，溫柔地把手搭在她的肩膀上。

「昨天傍晚，我要回家的時候，去了妳們房間一趟哦。當時，我偷偷在令姊的口袋裡放了東西。她當然立刻察覺了，由於半夜鐘聲響起，她沒有機會服毒，只能等到今天，妳外出的時候了。那個小袋子上，寫著生物鹼[30]，不過內容物是我碰巧放在口袋裡的安眠藥哦。也就是說，我自行解釋這起事件的成因，得到的結論是，與其將犯人送進監獄，求處刑罰，不如送到精神病院，比較適合吧。真相將是只有我才知道的祕密，我當然有裁決的權力吧。」

幾個小時後，兩人共乘的救護車，正好沿著茜紅色的融雪路面，開進B瘋人院的大門。

譯註30　生物鹼是存在於植物體的一類含氮的鹼性有機化合物，大部分的生物鹼都有毒性。

作者簡介

小栗虫太郎（おぐり　むしたろう，一九〇一－一九四六）

日本推理小說家、祕境冒險作家。東京都出生，本名小栗榮次郎。生家世代以賣酒為業，雖然父親早逝，但在家業支援下生活無虞。一九二七年曾以筆名織田清七發表〈一名檢察官的遺書〉於雜誌《探偵趣味》。一九三三年，透過引薦將短篇偵探小說〈完全犯罪〉轉交給《新青年》雜誌總編輯，恰好碰上以金田一耕助系列知名的偵探小說家橫溝正史，因身體不適無法連載新作品，〈完全犯罪〉做為代理稿件緊急刊登，成為小栗的出道作品。同年發表〈後光殺人事件〉展開以刑事律師法水麟太郎為主角的偵探小說系列。隔年，於《新青年》連載其畢生鉅作〈黑死館殺人事件〉，書寫離奇的連續殺人事件，充滿華麗而詭譎的機關和推理，風格神祕而妖異，在後世的評價中，與夢野久作《腦髓地獄》、中井英夫《獻給虛無的供物》、竹本健治《匣中的失樂》並列為「日本推理四大奇書」。一九三五年〈黑死館殺人事件〉發行單行本，由日本推理之父江戶川亂步為其撰寫序文，小說家甲賀三郎盛讚其為江戶川亂步之繼承者。一九三六年獲直木賞提名。一九四六年因腦溢血逝世，留下未完成的長篇小說遺稿《惡靈》，享年四十五歲。

HINT 2

後光殺人事件

接近99%完美的犯罪，小栗虫太郎的密室殺人系列推理短篇集

作　　者　小栗虫太郎
譯　　者　侯詠馨、蘇暐婷
策　　劃　好室書品
特約編輯　陳靜惠、盧琳
校對協力　黃子瑜、藍匀廷
封面設計　劉旻旻
內頁排版　洪志杰

發 行 人　程顯灝
總 編 輯　呂增娣
資深編輯　吳雅芳
編　　輯　藍匀廷、黃子瑜
　　　　　蔡玟俞
美術主編　劉錦堂
美術編輯　陳玟諭、林榆婷
行銷總監　呂增慧
資深行銷　吳孟蓉
發 行 部　侯莉莉
財 務 部　許麗娟、陳美齡
印　　務　許丁財

出 版 者　四塊玉文創有限公司
總 代 理　三友圖書有限公司
地　　址　一〇六台北市安和路二段二一三號四樓
電　　話　(02) 2377-4155
傳　　真　(02) 2377-4355
電子郵件　service@sanyau.com.tw
郵政劃撥　05844889 三友圖書有限公司

總 經 銷　大和書報圖書股份有限公司
地　　址　新北市新莊區五工五路二號
電　　話　(02) 8990-2588
傳　　真　(02) 2299-7900

製版印刷　卡樂彩色製版印刷有限公司

初　　版　二〇二一年六月
定　　價　新台幣三四〇元
ISBN　978-986-5510-76-3（平裝）

版權所有・翻印必究
書若有破損缺頁　請寄回本社更換

國家圖書館出版品預行編目 (CIP) 資料

後光殺人事件：接近 99% 完美的犯罪，小栗虫太郎的密室殺人系列推理短篇集 / 小栗虫太郎 著；侯詠馨、蘇暐婷 譯 .-- 初版 . -- 台北市：四塊玉文創有限公司 , 2021.06　面；　公分 . -- (HINT：2)
ISBN 978-986-5510-76-3(平裝)

861.57　　110007230

SANYAU
http://www.ju-zi.com.tw
三友圖書
友直 友諒 友多聞

HINT 系列叢書

深夜的電話：
藏在細節裡的暗號，小酒井不木的科學主義推理短篇集

作者｜小酒井不木 • 譯者｜侯詠馨 • 定價｜ 380 元

日本科學主義推理小說家、
醫學博士小酒井不木的偵探短篇集。

深夜裡電話響起：

「大事不好了。現在這邊發生了殺人案。」

「什麼？殺人？是誰？在哪裡遇害了？」

「遭到殺害的人，是全東京人都認識的名人。」

「是誰？」

「你猜猜看是誰？」

一件件看似謎霧重重的事件，

在科學手法與邏輯推理之下，

鑑識科學 × 醫學知識 × 顱骨復原術……

帶你找出真正的犯罪兇手。

好書推薦：小感日常系列

和日本文豪一起找妖怪（上冊）：山神、天狗、鬼婆婆還有獨眼地藏……日本妖怪的神祕傳說

作者｜柳田國男・譯者｜侯詠馨・定價｜280 元

鬼婆婆、山神、狐狸、河童、獨眼魚，
從一段段古老的民間傳說探尋日本文化之源。
讓日本民俗學之父——柳田國男
帶你一探日本幻想文學的原鄉、妖怪動漫的起點！

和日本文豪一起找妖怪（下冊）：雪女、神石、織布姥姥還有座敷童子……日本妖怪的神祕傳說

作者｜柳田國男・譯者｜侯詠馨・定價｜300 元

河童、天狗、座敷童子……從一個個山野傳說故事中一窺日本妖怪的全貌。深入解析日本人的妖怪情結，走訪調查最古老的民間傳說。

和日本文豪一起聊鬼怪：田中貢太郎怪談，膽小鬼不要看！

作者｜田中貢太郎・譯者｜張嘉芬・定價｜290 元

獨自夜歸的女孩是否都楚楚可憐？行走天涯的和尚居然不是人類？滿滿詭譎驚悚的氣氛，各式各樣的魔神仔，除了不寒而慄，更讓你……

夏目漱石短篇集：夢十夜與永日小品：和日本文豪一起做夢與生活

作者｜夏目漱石・譯者｜楊明綺・定價｜280 元

日有所思，夜有所夢。試圖解鎖夏目的內心世界嗎？〈夢十夜〉與〈永日小品〉娓娓道出他眼中淡而有味的人情事物。猜猜看他到底在想些什麼……

廣　告　回　函
台北郵局登記證
台北廣字第2780號

地址：　　　縣/市　　　　鄉/鎮/市/區　　　　路/街

段　　巷　　弄　　號　　樓

SANYAU

三友圖書有限公司 收

SANYAU PUBLISHING CO., LTD.

106　台北市安和路2段213號4樓

SANYAU
三友圖書
讀書俱樂部

「填妥本回函，寄回本社」，即可免費獲得好好刊。

粉絲招募歡迎加入
臉書／痞客邦搜尋
「四塊玉文創／橘子文化
食為天文創
三友圖書－微胖男女編輯社」
加入將優先得到出版社
提供的相關優惠、
新書活動等好康訊息。

四塊玉文創╳橘子文化╳食為天文創╳旗林文化
http://www.ju-zi.com.tw
https://www.facebook.com/comehomelife

【黏貼處】對折後寄回，謝謝。

親愛的讀者：

感謝您購買《後光殺人事件：接近 99% 完美的犯罪，小栗虫太郎的密室殺人系列推理短篇集》一書，為感謝您對本書的支持與愛護，只要填妥本回函，並寄回本社，即可成為三友圖書會員，將定期提供新書資訊及各種優惠給您。

姓名__________________ 出生年月日__________________

電話__________________ E-mail __________________

通訊地址__________________

臉書帳號__________________ 部落格名稱__________________

1 年齡
□ 18 歲以下 □ 19 歲～ 25 歲 □ 26 歲～ 35 歲 □ 36 歲～ 45 歲 □ 46 歲～ 55 歲
□ 56 歲～ 65 歲□ 66 歲～ 75 歲 □ 76 歲～ 85 歲 □ 86 歲以上

2 職業
□軍公教 □工 □商 □自由業 □服務業 □農林漁牧業 □家管 □學生
□其他 __________

3 您從何處購得本書？
□網路書店 □博客來 □金石堂 □讀冊 □誠品 □其他 __________
□實體書店 __________

4 您從何處得知本書？
□網路書店 □博客來 □金石堂 □讀冊 □誠品 □其他 __________
□實體書店 __________
□ FB(四塊玉文創 / 橘子文化 / 食為天文創 三友圖書－微胖男女編輯社)
□好好刊 (雙月刊) □朋友推薦 □廣播媒體 __________

5 您購買本書的因素有哪些？（可複選）
□作者 □內容 □圖片 □版面編排 □其他 __________

6 您覺得本書的封面設計如何？
□非常滿意 □滿意 □普通 □很差 □其他 __________

7 非常感謝您購買此書，您還對哪些主題有興趣？（可複選）
□中西食譜 □點心烘焙 □飲品類 □旅遊 □養生保健 □瘦身美妝 □手作 □寵物
□商業理財 □心靈療癒 □小說 □繪本 □其他 __________

8 您每個月的購書預算為多少金額？
□ 1,000 元以下 □ 1,001 ～ 2,000 元 □ 2,001 ～ 3,000 元 □ 3,001 ～ 4,000 元
□ 4,001 ～ 5,000 元 □ 5,001 元以上

9 若出版的書籍搭配贈品活動，您比較喜歡哪一類型的贈品？（可選 2 種）
□食品調味類 □鍋具類 □家電用品類 □書籍類 □生活用品類 □ DIY 手作類
□交通票券類 □展演活動票券類 □其他 __________

10 您認為本書尚需改進之處？以及對我們的意見？
____

感謝您的填寫，

您寶貴的建議是我們進步的動力！

【黏貼處】對折後寄回，謝謝。

HINT

HINT